百年中国文学的高端成就

——《百年百部中篇正典》序

孟繁华

从文体方面考察，百年来文学的高端成就是中篇小说。一方面这与百年文学传统有关。新文学的发轫，无论是1890年陈季同用法文创作的《黄衫客传奇》的发表，还是鲁迅1921年发表的《阿Q正传》，都是中篇小说，这是百年白话文学的一个传统。另一方面，进入新时期，在大型刊物推动下的中篇小说一直保持在一个相当高的水平上。因此，中篇小说是百年来中国文学最重要的文体。中篇小说创作积累了极为丰富的经验，它的容量和传达的社会与文学信息，使它具有极大的可读性；当社会转型、消费文化兴起之后，大型文学期刊顽强的文学坚持，使中篇小说生产与流播受到的冲击降低到最低限度。文体自身的优势和载体的相对稳定，以及作者、读者群体的相对稳定，都决定了中篇小说在消费主义时代能够获得绝处逢生的机缘。这也让中篇小说能够不追时尚、不赶风潮，以"守成"的文化姿态坚守最后的文学性成为可能。在这个意义上，中篇小说很像是一个当代文学的"活化石"。在这个前提下，中篇小说一直没有改变它文学性的基本性质。因此，百年来，中篇小说成为各种文学文体的中坚力量并塑造了自己纯粹的文学品质。中篇小说因此构成百年文学的奇特景观，使文学即便在惊慌失措的"文化乱世"中也取得了令人瞩目的艺术成就，这在百年中国的文化语境中不能不说是一个奇迹。作家在诚实地寻找文学性的同时，也没有影响他们对现实事务介入的诚恳和热情。无论如何，百年中篇小说代表了百年中国文学的高端水平，它所表达的不同阶段的理想、追求、焦虑、矛盾、彷徨和不确定性，都密切地联系着百年中国的社会生活和心理经验。于是，一个文体就这样和百年中国建立了如影随形的镜像关系。它的全部经验已经成为我们最重要的文学财富。

编选百年中篇小说选本，是我多年的一个愿望。我曾为此做了多年准备。这个选本2012年已经编好，其间辗转多家出版社，有的甚至申报了国家重点出版基金，但都未能实现。现在，春风文艺出版社接受并付诸出版，我的兴奋和感动可想而知。我要感谢单瑛琪社长和责任编辑姚宏越先生，与他们的合作是如此顺利和愉快。

入选的作品，在我看来无疑是百年中国最优秀的中篇小说。但"诗无达诂"，文学史家或选家一定有不同看法，这是非常正常的。感谢入选作家为中国文学付出的努力和带来的光荣。需要说明的是，由于版权和其他原因，部分重要或著名的中篇小说没有进入这个选本，这是非常遗憾的。可以弥补和自慰的是，这些作品在其他选本或该作家的文集中都可以读到。在做出说明的同时，我也理应向读者表达我的歉意。编选方面的各种问题和不足，也诚恳地希望听到批评指正。

是为序。

2017年10月20日于北京

百年百部
中篇正典

孟繁华 主编

所有路的尽头
弋舟

第四十圈
邵丽

净尘山
蔡东

北方联合出版传媒(集团)股份有限公司
春风文艺出版社
·沈阳·

图书在版编目（CIP）数据

净尘山/蔡东著.第四十圈/邵丽著.所有路的尽
头/弋舟著.—沈阳：春风文艺出版社，2018.7
（2022.1重印）
（百年百部中篇正典/孟繁华主编）
ISBN 978－7－5313－5487－1

Ⅰ．①净… ②第… ③所… Ⅱ．①蔡… ②邵… ③弋
… Ⅲ．①中篇小说 — 小说集 — 中国 — 当代 Ⅳ.
①I247.5

中国版本图书馆CIP数据核字（2018）第129239号

北方联合出版传媒（集团）股份有限公司
春风文艺出版社出版发行
http://www.chunfengwenyi.com
沈阳市和平区十一纬路25号　邮编：110003
北京一鑫印务有限责任公司印刷

选题策划：单瑛琪		责任编辑：张玉虹	
封面设计：琥珀视觉		责任校对：于文慧	
印制统筹：刘　成		幅面尺寸：145mm × 210mm	
字　　数：146千字		印　　张：6	
版　　次：2018年7月第1版		印　　次：2022年1月第4次	
书　　号：ISBN 978-7-5313-5487-1			
定　　价：30.00元			

目　录

净尘山……………………………蔡　东 / 001

第四十圈……………………………邵　丽 / 042

所有路的尽头………………………弋　舟 / 115

净 尘 山

蔡 东

一

　　岭南，四月，梅雨懒懒地下了十几天了。当夜色随着细密的雨丝一起落下时，天地万物变得影影绰绰，有一种迷蒙而岑寂的美感。

　　在这样一个幽静的雨夜里，张倩女的父亲会唱昆曲。

　　劳玉说，教曲儿的时候，你爸穿松身的白色麻纱上衣，前襟绣着细细的银色竹叶，裤子是拷绸，烟灰色，那颜色真显干净。你爸站起来，像一缕轻雾升起，坐下去，是慢慢卷起的一幅水墨画。他端坐在讲台上，一把素折扇，一枚鹿角扳指，一板三眼地拍曲。

　　你爸最喜欢《孽海记》的《思凡》一折。他倒吸一口气，小尼姑年方二八，寂寞有多长，"二"字拖得就有多长，声音化成了水流出来，一滴连着一滴，叫人听得心里直哆嗦，不敢打断，也不忍打断。末了一个滑腔，这音马上要断的时候，又放一点儿精华出来。独角戏难唱，上来就要把观众勾住了，吸紧了。

他还喜欢《玉簪记》的《琴挑》和《秋江》，他说，男女间的情事，隔着一块毛玻璃时最美，看得见，又看不清。演潘必正的巾生最好是长脸盘，眉清目朗，有股坦荡之气。你父亲清唱起来：伤秋宋玉赋西风，落叶惊残梦……下头一群爱好者，粗声大气地跟着唱。他摆摆手，"梦"字的意境不对，是书生残梦。他抿着嘴，梦，收一收，音要蜿蜒到鼻子里去，昆曲的发声讲究清扬，不兴扯着嗓子使蛮力，不能有"火气"。

世界变了，梧桐和青鸟的生命，气若游丝地在字面意义上延续，已是一缕余绪。梅雨柔韧，从未过气，每年由虚构步入现实，遮天蔽日，连月不开，将现代世界笼罩在它古典婉曲的气质里。恍惚间，张倩女觉得，天上的雨是一直没停。连串的爱情传奇像莹亮的雨珠，渐渐濡湿了她的心。二十七岁的梅雨之夕，父亲倜傥地摇着素纸扇，用一出出浓情缱绻的折子戏，注释着爱情亘古不变的魔力。艳丽的红尘卷轴在她眼前妖冶地铺展，她的心思，一下子活泛起来了。

劳玉松了一口气。虽然此时父亲远在留州，但这位异乎寻常的父亲，对女儿有一种微妙的影响力。多年前的某个夜晚，他潇洒又决绝地宣布了一项重大决定，那孤胆英雄般的姿态，被年幼的女儿铭记在心。这些年女儿不黏爸爸，不跟爸爸靠得太近，或许就是因为心怀敬畏。

电视开着，一个韩国男演员正在综艺节目里撒娇，雪白的脸，眼波潋滟，红唇微张。张倩女看得艳羡，不由得叹了一口气。在这个连男色都要消费的时代，她的个人形象却出了大纰漏，分辨不出年纪，甚至模糊了性别。人群中，她极易脱颖而出，那身架那膀子，在拳击手里也算强壮的。胖能把一个人完全变成另外一个人，把秀气的葱管鼻变成蒜头，让纤巧的瓜子脸化作面盆。胖是"少女感"的致命敌人，无论芳龄几何，胖子必是大妈。

几年来，她吃过不少药上过不少当，也尝试过各种怪异的瘦身食物，仙人掌、葡萄柚、酸得倒牙的泡山楂，均无传闻中"越吃越瘦"的神奇。她经历了炼狱般的断食，辅以高温锻炼，肉掉得越快，反弹就来得越剧烈。去年，她满怀希望地来到针灸美容店。她垂手而立，技师摸着下巴审视良久，决定先针对胸部进行针灸。作为未婚女孩，胸部和臀部最碍眼，太过硕大笨重了。半个月下来，效果显著而惊悚，张倩女在镜中看到一大一小两个乳房，嘲讽般地挂在胸前，所幸，屁股还未遭毒手。

又一个大泡泡破灭了，尚在妙龄的张倩女，把自己掼在地上摔成了碎瓦片。最后的防线失守，接着一溃千里，大吃大喝了半年。美丽，以及跟美丽相关的一切，都已彻底背离了她的人生。

今晚，父亲和戏曲释放出的爱情气息，像初春的柳絮四处漫飘，沾了她一身，带来细碎又真切的希望。她想，这次减肥可能会不一样，说不定真能减下去。她信誓旦旦地对母亲说："必须改变了，去商场买衣服，服务员连试都不让试，光憋着气儿没用，我要瘦。"

这个夜晚是恶战的前夜。在越来越结实的黑暗中，张倩女的记忆像高热的温泉水一样喷涌翻滚，她孤身游荡到过往的减肥史中。熟悉的战场，熟悉的下定决心和志在必得，还有，毫无悬念的战败。

趁着夜色，肉味儿攻过来了。

那晚，在单位的聚餐上，肉味儿攻过来了。那味道，心机深沉，不动声色地往孔窍里钻。张倩女感到身体深处急促剧烈地震动着，震动声在虚空的胃里遽然响起，她清醒地感知到，有什么东西崩塌了。餐桌托举起斑斓的感官盛宴，金红色的化皮乳猪，粉艳的腊肠，洁白的鱼肚儿，鹅黄的芝士焗生蚝。酥脆，柔韧，甘美，滑嫩，果木香，柴火香，鲜香，焦香。胡椒，豆蔻，豉汁，月桂叶，芫荽籽。垓下之围，四面楚歌。食道里伸出一只手，充满绝望感的手，没命地往下拽。她专拣肥腻、油炸、麻辣的食物往嘴里填，报仇般大力撕咬着，直到嘴角淌下油滴。固守和隐忍被融成碎片继而化为齑粉，疼痛感和负罪感像发大水一样灭顶而来，与此同时，销魂的饱胀感传送到全身，腾云驾雾，灵魂出窍。多日挨饿的辛苦、多次饭局上呆坐讪笑的尴尬，都化为乌有，全是无用功白折腾，接着，迎来新一波不可餍足的暴食和无法逆转的复胖。

张倩女的手在黑暗中划过，像在驱赶邪恶叵测的肉味儿。

第二天清晨，劳玉战战兢兢地端出麦片粥和白煮蛋，特意用鲜艳油润的彩陶餐具盛放，营造出丰赡可口的假象。张倩女边吃边说："还是麦片健康，刮油涮肠子，太适合我了。"

吃完早餐，她来到公司。走进公司的一瞬间，她恍然生出时空错乱之感。玻璃门上映现出她第一天上班时的样子，身姿轻盈，笑容明媚，对世间所有美好都心怀憧憬。不过三年时光，那身形正常的女孩已如梦境般杳渺，现在的她，是个充满歧义的存在。她感到一阵惊惧，从头到脚浸漫下来的惊惧，呆立了半天，还是走进去了，像被某种无形而澎湃的强力吸进黑洞和旋涡，她走进公司，坐在电脑前。

电脑是被锁住的，机箱后面有个盖子把接口封死，不能插U盘，也不能上网。一坐在电脑前，她就把自己凝固成一块顽石，除了排除故障，什么都不想。墙上贴着一张纸，上面写着一个日期：2013年12月1日，这是寒光凛冽的最后期限。对电子产品来说，时机就是钱。作为项目经理，进度就是一切。市场上竞争对手多，电子产品的价格又往下走，早一步赚钱，晚了不仅赚不到钱还要亏。她管理的研发团队，成员大都是刚毕业的大学生，氛围还不错。每次接到项目，她先鼓吹团队集体的荣誉感，失效后开始描绘年终奖的诱人愿景，冲刺阶段就不得不亮出梯度考评的必杀技。她本人也是个不可忽视的感染源，用勤奋感染着大家，全然不顾劳心者治人的古训，仍在研发一线解决着具体的技术问题，是项目组里最能坐得住的人。

她把自己锈在了机器里。

连着三天，她都在排除故障，连着三天，晚餐也都是蔬菜，圣洁而寡淡的蔬菜。她挑起一根捅进嘴里，扯动起咬肌，艰难地咀嚼着，跟吃草一样，跟吃牲口草一样。焯过的菜心，丢失了水分和弹性，口感软塌塌的、干抽抽的，是剔去筋骨的空洞感，像糠了的萝卜、絮了的柑橘。

窗外是四月的黄昏，雨刚停住。植物枝叶焕然，鲜亮簇新的翠色，水意从里往外弥散，上等翡翠般莹绿透亮。

晚餐时段的空气是热闹的，似乎随时会爆出噼里啪啦的声响。它涵藏住家家户户的饭菜香味，彰显着世俗生活的暄腾可亲。饱满滞重的油烟，混合着南方傍晚沉甸甸的潮气，形成了凝胶般的质地。不知谁家蒸了新米，被水汽唤醒的新米散发出稻花的清香。楼上的四川少妇又做回锅肉了，先用花生油爆炒辣椒，生辣椒有股四下窜动的冲劲儿，接着，五花肉从锅边溜进滚油里，白滑如玉的脂肪痛苦而欢快地皱缩起来，逼出一股来自动物油脂的、悠久的地老天荒的香味。

香味越来越稠厚，一波波地潮涌而至，极具分量感和挑动性。香味里伸出毛乎乎的小爪子，撩一下，又撩一下。劳玉看到女儿皱起鼻子，长长地吸了一口气。她警戒地站起来，似乎要用肉身抵挡住这次奇袭。

张倩女没动摇，她只是默然走到窗口，抻长脖子，就着空气中婀娜的香味，在转化挪移的幻觉中，吃掉了整盘青菜。

劳玉拉她坐下，捋着她的肩膀说："倩女，再忍一忍，再忍几天胃就饿小了。"

张倩女说："现在还好，晚上是最难熬的，光盼着明天，盼着明天吃点儿东西。"

她眼睛忽闪一下，问："除了昆曲，我爸还会什么？给我讲讲，转移一下注意力。"

劳玉笑道："这几年没有新学什么，他的圈子也散掉了。"

张倩女说："那就讲讲你们年轻时候的事吧。"

劳玉说："讲过很多遍了，还想听？"

张倩女说："我爱听。"她在心里默念：说起来，我俩都是爱美的人。

劳玉开始了，她把语气调整得很沧桑："说起来，我俩都是爱美的人。"

年轻时，我的辫子跟别人编的不同，我把辫子里编进一条蓝底白碎花的飘带。那天早晨，我去医院上班，他在街上看到我的背影，辫子里有碎花飘带的背影。为了找我，他跑了几条街，跑得脸上汗涔涔的。他是降落在我面前的，真的，从天而降，拦在我面前，说，我可找到你了！

每次说到最后这句话，劳玉就陡然提高音量，仿佛祭出一句梦幻动人又饱含着宿命感的咒语，仿佛有此一瞬，人生便已了无遗憾，日后诸多苦痛，有这份狂喜打底，便足以让她保持缄默了。

张倩女配合地露出神往的表情，虽似戏文里的故事，但她从未怀疑它的真实发生，正因为相信那华丽而薄脆的美，才越发惋惜，格外伤怀。母亲幽幽缅怀的语调，又一次把她拉回到留州的家：一栋青灰色的二层小楼，一座花木摇曳的院落，一个沉静而松弛的窗下人。少女时代的张倩女拥有一扇二楼的窗子。她喜欢独坐窗下，先花点儿时间和自己相处，再眺望窗外的世界。她熟悉院子里每一只雀鸟，知道傍晚时分远处的屋顶上会起一层淡淡的薄雾，后来的日子里，她再未像那时一样敏锐、充满灵性和容易喜悦，她和万物心有灵犀，能察觉到任何细微的变化，她一片痴心地牵挂着天空的阴晴雨雪，她时常伸出手去，抚摸广玉兰叶片上厚而滑溜的蜡质。那时，她饶有兴致地窥探着院子里的父母，大部分时候，他们是各安其分的一对夫妻，偶尔，他们像各自怀有什么秘密，沉思，叹气，在对方的眼皮子底下瞒天过海。她朦胧地意识到，生活自有其晦暗不明的某个部分，混沌、庞杂、幽深，甚至惊心动魄，让她思绪纷乱，似懂非懂。

那阴影斑驳之处，依旧未被照亮。饥饿感蓦然袭来，她赶紧喝下一大杯水。

按往常，劳玉的讲述会到此为止。不料，今天她又多说了几句。

多少年了，我们一直想去留州西郊的净尘山住两天。山顶上有一座湖，有一尊释迦牟尼像。山上的房子是乳白色的，窗前垂下镂空的米色纱幔，推开窗子，是一大片绿色的湖水，湖面上落满花瓣。去过净尘山的人，都这么说。我们也不知道在忙活什么，始终没去成。

这是张倩女第一次听说净尘山，她记得留州西郊有片荒山，想必这两年被人看中，开发成旅游休闲区了。应该是个旖旎迷人的地方，母亲说到净尘山时，眼睛里像有晶亮的水银珠子在滚动，像缎子面在灯光下刚刚展开，忽然有那么一下，亮得晃眼。

这种珠子般的亮光，她也曾在父亲的眼睛里看到过。唯独她没有，她一点儿都不像自己的父母。

她暗暗叹了口气，说："妈，我工作后反而没让你省心。要不是为了照顾我，你和老爸也不用分开，别说净尘山了，你们的时间足够漫游全国。"

劳玉摇摇头，什么都没说。

淡淡的惆怅弥漫开来。她们同时想到，减肥才不过三天，这跟食欲较劲儿的日子，真熬炼人啊！

减肥减到一周时，张倩女的身体和意志正无限接近着溃散。她一动就头昏眼花冒虚汗，肚子里没有一点儿油水了，她不断在幻想中大嚼辣子鸡块、香酥羊排、脆皮烤鸭，不停地吞咽着丰沛的口水，她想把胃整个儿泡到油里，油浸浸地发光才过瘾。

这晚，张倩女坐立不安地捧着一台平板电脑，在美食论坛间切换，浏览着红烧带鱼、粉蒸牛肉、油焖大虾的图片，她迷恋这些颜色和味道都很浓郁的食物，镜面屏幕细腻的分辨率显得菜肴越发诱人，酱汁闪耀着天然珍珠般的光泽，上头仿佛笼着一圈柔和的红晕。她的脸和美食越贴越近，劳玉听见很响的咂嘴咂舌的声音。

她暗叫不妙，怕女儿故态复萌地哀求她：妈，行行好，给我炒两个鸡蛋去。她赶紧提议："倩女，睡吧。"

黑色平板传出嘀嘀的响声，张倩女说："等等，高中同学群里有人说话，这群好久没动静，今天怎么活了。"

提示音一声连着一声煞是急促，她点开看了一会儿，脸色变得很凝重。

她说："高中毕业整十年，大家都想聚一聚。"

劳玉说："高中同学聚齐了，不容易吧。"

她说："都四海为家了，很难聚拢。除了留州的一拨人，剩下的分散在几个主要城市，初步决定按城市各聚各的。"她想起自己的模样，身体稍微一动，肉就像水一样起伏波荡，不是清鲜的汁液，而是质地浑浊黏腻的脓水，好似内瓤沤烂了的冬瓜，她不禁打了个大大的寒噤。

劳玉却精神大振，她闻到一股气味，天赐良机的气味。对减肥来说，再没有这么好的契机了。之前一直减不下去，或许就差了个如此重要、逼得人毫无退路的聚会。她说："高中同学情分最厚，十年又是整数，倩女，你得参加。"

两人一算时间，离聚会还有半个月。微弱的近乎衰竭的减肥动力，忽地强劲起来。劳玉面露喜色，她心里有一种隐隐的感觉，好像减肥得到神秘力量的加持和庇佑。张倩女也感到，能量成块成块地涌过来，重新注入她的体内。

此后的日子，军心如铁，气势如虹，张倩女满足于各类低卡而富含纤维素的蔬果，毫无怨言，她甚至很少坐下，看电视也站着，扭腰、抬臂、半蹲、踢腿。

半个月后，重要的时刻来到了。量体重无异于一次审判，张倩女赋予其庄严的仪式感。她先排空体内所有的废液，再不停地高抬腿跑，最后，她除去衣物，近乎全裸地站上电子秤。她垂下头，怯怯地张开眼睛。

跃动的数字扎疼了她的眼睛，她虚脱般靠在墙上，颓然道："三斤，才三斤。"直到现在，她都不能接受这身肉是属于她的，好像只是携带着它们走来走去。但一说减肥，身上的肉似乎就收到警示的讯号，它们变得沉默、眼神诡异、蹑手蹑脚，态度却越发强硬，不是临时驻扎，而是永久居住。

劳玉扶住她，宽慰道："是个好开头！记得有一次你饿了好几天，一称还重了呢。"

晚上，张倩女掩耳盗铃地穿了一袭黑色长裙，惴惴地来到酒店。大堂里站着一个年轻男人，男人的眼神冷淡地在她身上掠过，继续往外张望。可她一眼就认出来了，她叫道："李凌飞，副班长！"

她的声音没有变。李凌飞眨着眼，说："张倩女？"他叫出名字前几秒钟的犹疑，他欲言又止的惊疑又玩味的样子，让张倩女好不容易积攒的信心，刹那，散成一把碎沙。

高中同学的分化本就严重，何况又在异乡相聚，总共凑起来七个，大都是当年班主任宠溺的红人儿。所以当潘舒墨出现时，气氛陡然一变。张倩女心里也咯噔一下，真没想到会遇见他。说起来，潘舒墨也算个人才，会说相声，会弹吉他，会写毛笔字，可惜成绩一直徘徊于中下游，后来听说只上了大专。众人的眼神里，带了点儿审查和透视的意味：他不该出现在这里，这个自诩高端、势利入骨的城市。

男同学为聚会精心准备了这几年的"履历"，于不经意间透露一二，又有知情识做的托儿，顺势哄抬一番，一时其乐融融。女同学甫一听说聚会，就兵临城下般地节食、美容、配衫，并在当日化好烦琐的妆，在水晶吊灯的照耀下依次亮相，容色鲜妍欲滴，像刚刚完成了一次精细的抛光。

他们表面看起来还好，溜光水滑，没有硬伤。这晚，张倩女的伤口却一次次被掀开，等不到干结成痂，又一掀到底。往日的同窗一打照面就说，倩女，你怀孕了呀。不是发问，是笃定的恭喜语气。

她对此不置可否，唯恐引发同学们探询钩沉的兴致。她勉力维持着笑容，浆洗过的笑容，腮帮子渐渐感到酸胀。聚会进行到一半主食还没上，她就想逃走了。

是潘舒墨让她稳住了阵脚。

她和潘舒墨是神似的，表情和动作里都敛藏着缺陷、短处、禁忌之类的东西。后来，她注意到，大家提议交换家庭住址时，他全身一僵，借故上了厕所，回来时又在门口踟蹰片刻，确认转换了话题才重新回到餐桌，并暗自舒了一口气。

酒意和夜色一起变浓了，大家开始撮堆吹牛，她和他也自然而然地坐在了一起，互相掩护着对方。她内心升腾起强烈的预感，他和她不会到此为止。两人没有故作热络地聊天，却悄悄完成了最深层次的沟通，满怀着并肩作战的相知相契、相依相靠，似在共同对抗某种难以名状的压迫和伤害。

二

聚会过后，张倩女对自己的要求更加严苛，在单位的午饭也不碰淀粉和肉类。劳玉喜忧参半，一会儿觉得女儿成功在望，一会儿又担心她方式峻急伤了元气。

周末，张倩女在柔和的晨曦中醒来，是个淡蓝色的清明的早晨，雨季过去了。她走到窗边，看见一只长尾白鹡鸰轻盈地在空中滑过，纤细的双足一钩，落在了树枝上，树枝荡了几下。

早晨的空气有几丝淡淡的青草香，她拉伸着身体，感觉四肢轻盈，双臂舒展如缀满羽毛的翅膀。这美好的幻觉促使她拿出了电子秤。她排空体内所有废液，除去衣物，近乎全裸地站上去。

数字梦幻惊艳。她不敢动，唯恐那数字是露水，轻吹一口气就滚落进尘埃，灰飞烟灭。她用眼睛盯紧数字，轻轻蹲下，用手抹抹表盘。

她听到一声欢呼。四下无人，半天她才反应过来，这颤抖的欢呼声是自己发出的。

正在阳台晨练的劳玉走进来，凑近表盘看了看，一看，这位素来冷静的女医生竟蹦起高来。

从八十公斤到七十五公斤，整整十斤的战果，堪称大捷。

时机正好，劳玉顺势提出："倩女，要不去相个亲吧。男孩研究生毕业进了深圳的一家研究所，老家也是留州的，知根知底。牵线的阿姨磨叨了好久，我一直没回话呢。"

张倩女皱紧眉头，说："才减下来十斤，我基数太大了，现在就出去吓人，行不行？"

劳玉说："先见见面，就当交个朋友吧。"趁女儿还犹豫着，她赶紧打电话联系，把约会定在了周日晚上。

张倩女吸取同学聚会的教训，那条黑色长裙穿在她身上，营造出了乌云压城而来的末世灾难感。唯有高挑削薄的女孩，才能空荡荡地挂着长裙，挂出仙风道骨、飘飘林下风致的韵味。她仍然没有凹进去的腰身，却鼓足勇气系上一根腰链，勉强粗勾出模糊的曲线。

她早早来到约会地点，靠窗落座，利用光可鉴人的玻璃，摇头晃脑地对自己进行审查。胖女人永远没有磊落，穿衣镜前所有的努力，都为隐匿和掩藏，为制造"显瘦"的错觉。桑蚕丝，雪纺，塔夫绸，任何轻盈飘逸的面料，接触到她雄健的体魄，都是一次血赤呼啦的相撞，绷在身上一点儿都流动不起来。她驾驭不了简洁时尚的紧身衣物，更不适合烦冗拖沓的民族风。她致力于达成科学般精密的"可体"效果，又技巧地选择了拉长颈部的V领。正拨弄着头发，忽然在玻璃上看到有人朝这边望过来，她猛然意识到自己的丑态。

她只好端坐在座位上，不一会儿电话响了，一个年轻男人张望着走进来，应该是徐辉。她拼命吸着肚子起身打招呼，并在微笑时紧紧收住下巴。

她特意将约会地点定在光线迷离的咖啡厅，也自认为向徐辉展示了个人最好的形象，本来，她对这次相亲抱有谨慎的乐观，她却发现，徐辉的脸被冻住了，迅速挂上一层严霜。这表情，她太熟悉了。失望，惊愕，受了冒犯般的自怜，以及已无法控制的嫌恶。

点完饮料，徐辉把头转向邻座。邻座的两个女孩猛然一看，长得竟是一样的，密实的假睫毛、羊脂玉般的肤色、粉嘟嘟水光釉面的嘴唇，虽落窠臼，却依然赏心悦目。她们都穿着娇俏的蓬蓬短裙，露出弧度优美的小腿和玲珑的脚踝。

　　为了不冷场，张倩女只好不停地说话。徐辉不跟她做任何眼神交流，只使用简短的语气词应和，他看起来相当不兴奋。张倩女并不生气，是分内的待遇：胖子都没脾气，胖子都是烂好人，胖子谈不上性别，胖子心里敞亮，胖子无论被同伴怎样冷落或埋汰，都不能介意。

　　趁她低头喝咖啡，徐辉伺机从裤兜里掏出手机，一惊一乍地说："哎呀，忘了单位还有点儿事。"他拿出一百块钱，快而用力地捻了捻，这才放在桌上，说，"不好意思，真不好意思。"

　　张倩女久久地摩挲着这张纸币，受宠若惊。以前见过的男孩，有不到三分钟就借故先走的，有莫名地得了理让她请客的，相形之下，徐辉真是忍辱负重，涵养过人。徐辉起身离开时，她想厚着脸皮对他说，我自食其力能挣钱，也愿意匀出精力来照顾家庭，把方方面面兼顾好。到底没说出口，看样子他又是个唯美的实用主义者，不会看在收入的份儿上和她相处一段日子，发现和享用她的贤良。不到三十岁的男人，大把光阴，机会无限，精明也是有骨气的精明。

　　还顾不上为自己伤感，她倒替牵线的阿姨担忧起来。之前几位介绍人，事后都曾用一种貌似隐晦而又确凿无疑的方式向她表功：为她挨了骂、落了埋怨云云。

　　然而，今晚的打击注定接踵而至，它潜藏在意想不到的地方，等着完成最后一击。

咖啡厅细长的水晶花瓶里插着几株洁白的姜花，当张倩女从姜花旁走过时，正好有几片花瓣簌簌落下。她一愣，魂飞魄散，急忙快步离开。

她想，肯定是胖子身上的人气特别浓浊，熏坏了柔弱的姜花。

她回到家里，恹恹地给母亲打个招呼，就踅到卧室里掩上了门。她胖大的虎躯里是无所凭依的委顿，将近一米七的个子，像被什么东西坠着，顿时就矮了下来。结果无须多问，劳玉在女儿卧室前站了良久，心想：可惜我陪不了你一辈子，不然，真不愿意让你去受委屈，反反复复地受委屈。她发一会儿狠，又劝着自己，不得不顺下这口气。

夜里，劳玉睡得很不踏实，模模糊糊地听到开灯和开门的声音。不知过了多久，一种极力压低又凌乱不堪的声音，长驱直入她的耳朵，她猛然坐起来。

是吞咽的声音。

厨房的灯，白晃晃地亮着。张倩女像个慌乱的小动物，瑟缩着身体大口吞咽。劳玉哎呀一声，说："闺女，这速冻水饺都过期了！"

倩女说："没事，冻得好好的。"说完，她像猛然意识到什么可怕的事情，木木地说："妈，减肥又失败了。"

她失神地说："流食吃够了，我想要咀嚼的感觉，中午在公司里，人家吃包子吃油饼，我喝稀粥，看着，只能干看着。我想吃点儿实际的东西，给个馒头夹两片咸菜，我也知足。全身没劲儿，饿极了，饺子一下从喉咙滑下去，半盘子没了我还不知道什么馅儿的。"

女儿狼吞虎咽地吞下半盘饺子，这让人心酸的事实劈头砸过来。作为历次减肥行动中严厉的监督者，张嘴就是名言警句的智慧母亲，劳玉再拿不出什么高明的手段，她本能地说："吃吧，吃吧，难为你了。"

张倩女猛烈地摇摇头，霍地放下筷子，跑进卫生间。劳玉紧跟过去，接下来看到的一幕，令她有一种身体被拎起来倒控的感觉，血液全部冲向头部。她看到女儿把食指和中指伸向喉咙，又是抠，又是捣，从嗓子眼里发出一声声干呕，嘴角撑到了耳朵根，脸都变了形，跟怪物一样。

劳玉冲过去抓住她的手，说："不减了，不减了。"

张倩女挡开母亲，咕嘟咕嘟吐出来一堆糜状物，狭小的空间里弥漫起酸腐的热臭。她嘴角流出带血丝的涎沫，佝偻着腰，呼哧呼哧大口喘气。劳玉拍打着她的后背，眼圈不觉间已红了。

张倩女用水漱漱口，说："妈，不能就这么败了，我下去跑步，把没吐出来的热量消耗掉，你，你接着睡吧。"

她沿着小区的绿道奔跑起来，她觉得自己出的不是汗，是一层油，每个毛孔都在往外分泌着油脂。她真想把自己点着了，让赘余的脂肪尽情燃烧。突然脚一软，她跌坐在地上。身处密匝匝的居民区，她却感觉到可怖的空旷，她被这浩瀚而精彩的世界孤立了。

她伸出双臂环抱住自己。

她不想成为母亲的拖累，更不想让父亲知道自己如此狼狈。眼下，她需要另一种意义上的亲人。她和那个人在气氛微妙的社交场合上，曾建立起某种秘密的亲缘联系。

她冲动地拨通了潘舒墨的电话，不铺垫也不客套，她问：

"你住哪儿?"

潘舒墨住在下沙村的农民房里，高贵富丽的深圳在这里急刹而止。潘舒墨打开门时，一脸窘迫，像被人撞破了什么见不得光的丑事。单房里的家具粗陋不堪，贴木纹纸的两门衣柜，浸透了历任房客汗液、看不出原色的床垫，床头挂着几个铁丝衣架。然而，张倩女注意到，饭桌的矿泉水瓶里塞着一蓬血红色的火焰般的野花，窗下又挂着一串手工编织的风铃。显然，小屋的租客在困顿之余，依然对生活有所期盼，有一颗热爱和讲究的心。

张倩女回想起那个如坐针毡的聚会之夜，两人谨小慎微，连呼吸都不敢尽兴，两人都是某种意义上的失败者，眼巴巴地看着别人比赛幸福。

几只小飞虫在撞击着吸顶灯，为玻璃罩子里暖热的光亮，一下一下地撞去。他们默然而坐，莫逆于心。他们已准备好诉说，告诉对方，自己到底为生活付出了什么，那是孤身一人时不愿爬梳的记忆和不敢直视的现实。

潘舒墨用赞美打破了沉默："你学历高，发展得好，不像我，刚够吃饭。"

张倩女摇摇头，说："代价太大了。我这辈子都忘不掉做的第一个项目。一毕业就签了华跃，先分到机顶盒的项目组，负责开发硬盘接口，设计完做测试，发现对硬盘进行读写操作时有数据错误，不同厂家的硬盘出的问题还不一样，也就是，我要排除故障了。没日没夜地攻关，夜里加班时吃夜宵，越吃饭量越大，不到半年就明显看出来胖了，跟蒸馒头一样，忽地就发了起来。回头一看，我的身心里，也有一个无法解决的故障。"

怪不得她胖成这副模样，潘舒墨唏嘘道："深圳人都羡慕华跃待遇优厚，我也曾痴心妄想，想成为华跃的一员，其实，钱哪是容易赚的。

张倩女说："催命一般，实在扛不住时就想吃东西，吃大鱼大肉，每顿都吃撑着，有东西在嗓子眼堵着才舒服。"

"倩女，你这是病，是情绪性的暴食症。"

"是呀，管不住自己，已不是正常的食欲。"

张倩女无奈地苦笑，潘舒墨投桃报李了："我更惨，在一家小私企上班，什么杂活都干却攒不下钱，像机器在空转，根本买不起房子。你知道吗？今天，没房子和没朋友之间发生了必然的联系。因为自己没有家，我就不愿去朋友家做客，熟练地领着我参观房间，介绍采光多好，储物空间多巧妙。温婉贤惠的老婆势必露两手，忙活一桌子丰盛的酒菜，有老火汤，有海鲜，鲜得发甜的蛤蜊，肉都是充满弹性的。我心情低落，还得赔着笑脸，赞美他有品位，艳羡他有福气，享受人生神仙日子云云。聚会那天，我是最后一个到的，不敢进去，比进沙场还怵头。"

张倩女想起聚会上他张皇而游离的模样，当听同学报出自己住在某花园几栋时，他如遭电击，面如死灰，旋即出去躲了半天。

她安慰道："房子不都贷着款吗，那幸福也不是实心的。再说，朋友间的家庭聚会很正常，没恶意。"

"不是稳定频率的家庭聚会，一般只有一次，再没有第二回了。当然不是恶意，我也不怪他们。人熬到一定阶段，就要集中释放一次、展示一次，然后，各奔各的前程。也许他们下次展示是十年后了，不知我还有没有去当道具的资格。"

两人的神色都变得黯然起来。生活的本质是庸常、脆弱而不容异端的，一条衣食住行、生老病死的既定轨道，稍有偏差，你跟人群的交集就会越来越少，很快就被隔绝在外了。

他偷偷地看她一眼。年轻的她竟有一副慈祥之态，令他想起姑姑婶子等长辈女性，令他想起孕妇、奶娘之类的女人。她身上的温馨和蔼，仿佛轻轻一动就会洒出来。他忍不住向她靠了靠。一靠，他鼻子一酸，流下眼泪来了。在深圳这几年，他经历了诸多无法宣之于口的伤害，格外仇恨那些嗅觉灵敏、嗲声嗲气的女孩。她们对用不上的男人，比有威胁的同性还要厌弃，连面子上的敷衍都省却了。

张倩女察觉到，他的身体靠了过来，越挨越近，她感觉到了他的鼻息和体温。接着，她看到他掉眼泪了。

雨季明明走了，外面却好像在下雨。在这间狭窄到让人无端亲密的小屋里，他们若有所待。

丰乳长腿兼之楚腰可揽，会大大增强男性的情欲，但潘舒墨扑倒在这具肥厚的身体上时，感觉到明显的回弹力，那是一种坚实有力的肉感，一种陌生而强烈的刺激。

张倩女的身体暖烘烘的，像一点点鼓胀起来的面包内瓤，越来越松软，像藕粉冲过水，渐渐苏醒了鲜藕的颜色和芳香，变成一块通体晶莹的流动的琥珀。潘舒墨的口气很清新，令她联想起甘笋青柠檬汁的气味。他的舌头似滚烫的豆腐脑儿、鸡蛋糕儿，颤颤巍巍的、抖抖搂搂的，嫩得出水。他的手拂过她的后背，像用柔滑的奶油裱花，像溶化的乳酪四下流淌，是天鹅绒般柔软的触感。他身上男性的体味，令她想起肉类炭烤烟熏过的特殊香气。他凑在她耳边低声曼语，是经秋霜打过的小白菜，甜甜的，糯糯的。他像个男欢女爱的天才，铺排的手法错落有致，宛若层次分明的慕斯蛋糕，夹精夹肥的红烧樱桃肉。他先用急火上色，再小火温油慢慢地攻。他的坚挺，像极了那些嚼劲儿足、富有质感和韧性的美食，馕，肥肠，脆骨，墨鱼卷，牛肉干，荞麦饸饹，猪油里滑过的半透明的隔夜米粒。

蓦地，软烂的面条上，一股脑儿地扣上热热的浇卤。轰轰烈烈的油泼辣子，沸油激出奇香。雪花般的糖霜，纷纷扬扬地飘落下来。

水乳相融，骨酥肉烂。她的干枯和饥饿，以奇异的方式得到了纾解。她终于不再是一坨死肉了。

小屋里的黑暗，光滑得像一匹丝绢。她深深渴望着，天空落下来一滴灼热的松脂，紧紧裹包住两人，她和他，扭绞、缠绕、交错，从此天长地久，直至化为尘埃。

不知过了多久，当她起身离开小屋时，为墙角纸箱子里堆放的杂物感到惊愕不已。对二十世纪八十年代中期出生的男性来说，它们的存在着实突兀。几十个二锅头的空瓶，红标签绿瓶身，还有哈德门瘪瘪的烟盒。这分明是属于劳工阶层的，粗糙浓烈、直击感官的口味，这廉价的口味里，有人生难以言传的快乐。酒精，尼古丁，都是好东西，足以抵偿白日里遭受的痛苦，是苦干一天的至高奖赏。

潘舒墨一脸沉醉地说："我喜欢喝醉的感觉，酒劲儿总在一瞬间发作，千军万马地来了，接着天昏地暗，能好好睡一觉了。小时候，我讨厌我爸喝大酒，我爸那种男人在北方一抓一大把，就着一瓶桃罐头能喝一斤白酒，喝得吐绿胆汁，喝得快死了挺尸般躺着，下次还是喝。现在，我特别能理解他。我爸喝酒时，又哭又笑，说他活腻了。"

他停顿一下，重复道："又哭又笑，说他活腻了。没人信他，也没人理他。"他的话音忽然变了，他发出了变声期男孩才有的凄厉声音，声音破碎成几股，每一股都像带着锯齿的箭镞，在空气里到处乱窜。

张倩女回到家就瘫倒在床上，耳边始终回响着他碎玻璃般的哭腔。他多像雨季里阴干的衣裳，没有一丝阳光的味道。他怨气太重，经济能力有限，目前已可预见到中年的一事无成和脾气暴躁。作为婚姻亲情和妇女美德的一部分，她势必要承担丈夫的不得志。可这又有什么好怕的？她心底深藏着一个秘密，连母亲都没告诉。两个月来减掉了十斤肉，同时，她的月经也停了。

她的气味盘旋在小屋，潘舒墨依然沉浸其间。是的，她从视觉上摧残了他，她五花三层的身体让他恶心欲呕。她的后半生将在徒劳的减肥中度过，永无成功之日。然而，他试探着拥抱她时，蓦地起了个念头，也许，他抱住的，是人生的另外一种可能，这感觉让他怦然心动。她温厚善良，透着工科背景的沉稳朴实，她在全球著名的通信公司担任项目经理，年收入三十多万元，她将带给他梦寐以求的真正意义上的城市生活。想到这里，他立刻变得很软弱，在审美上毫不犹豫地变了节。

他们翻来覆去地想，到最后，几乎是怀着必然牺牲的悲壮感，毅然决然地、热烈地接纳了对方。

这晚，劳玉站在窗前，直到看见女儿开车进入小区才躺下。对减肥这场旷日持久的战事，她感到疲倦了。跟最基本的生存需求开战，取胜何其艰难。接下来，是僵持，胶着，甚至还要反复。她的神经绷得紧紧的，早暗自渴望着一个痛快的崩断。每次女儿宣布减肥失败，她的沮丧都是假装出来的，实际上，如释重负，云淡风轻。

三

华跃技术有限公司位于深圳的西北角，它是个生殖力惊人的母体，具有扩散膨胀的特性，在周边衍生出环状排布的居民区和购物中心。华跃的总裁很少出现在公共场合，作为庞大的高科技商业帝国的执掌者，他太过神秘低调了。几年来，只有公司开大会时，他才惊鸿一现。他是活着的传奇、商业时代的偶像，这几年，他在全国及海外布局，摊子铺得很开，在各大名牌院校招聘毕业生，欲把计算机电信精英一网打尽。他身上向外辐射出一种强烈的危机感，也许，都快变成强迫症了。

华跃批量制造出城市中产乃至于富裕阶层，这家民营公司对员工的勤奋程度有极高要求，同时在金钱回报上也绝对慷慨，很少有公司会大方地把股份（利润）与员工共享。对华跃人来说，工作区和生活空间并无明显界限，搅和在一起了。张倩女居住的社区离公司只有几站路，楼盘定位准确，两年前刚一开盘就被华跃员工抢光。每天，她行驶在居里夫人大道上，过两个红绿灯，一拐弯便是公司。偶尔，被汹涌翻腾的厌倦情绪驱使着，她会刻意绕远路，拉开一段距离遥望华跃圈。

它像一只巨大的灰白色的茧，风雨不透，固若金汤。

周一晚上，照例还要加班。张倩女和她的团队，秉持着华跃人特有的习性，熬夜，不运动，亚健康，性格偏内向，信仰埋头苦干和不请假，习得的麻木忍耐，适应高强度工作，以加班为核心价值观。

研发房里多是年轻的小伙子，阴气却一直很重，无论春夏秋冬，总让人感到一丝凉意。生铁般的冷光灯下，这群脑力劳动者脸色青白，似一群忙忙碌碌的鬼。对这代人来说，拿知识和健康换钱很正常，在其他公司，牺牲了健康也换不到钱，而在华跃，遭受多少痛苦，相应就收获多少甜头，食髓知味，欲罢不能。这份工作糟践了你，也愉悦了你，它包含着某种魔鬼般的魅惑成分，令你的人生有所附丽。它像一袭穿厌的华服，毕竟镶金错玉，不能说扔就扔。

　　夜里九点半，大家从座位上起身，幽灵般晃荡到休息间，准备补充能量。公司厨房供给各类美食，烤串，乳鸽，炒花蛤，只要加班的员工想吃，鲍鱼海参也照样提供。

　　一个个加班的深夜里，张倩女吃掉了难以计数的曲奇饼、蜜三刀、烤鸡腿、卤汁牛肉，疲惫和焦虑激发起强大而原始的肉食欲望，祖先的基因程序重新启动，只有甜品和肉食才能给予她力量，让她浑身有力气，让她实现了从菜鸟到高手的地狱式成长。自那个雨夜决定减肥，她就清空了零食抽屉。别人加餐时，她躲得远远地咽唾沫。现在，减肥已来到瓶颈期，肉都带着吸盘，嗑在骨头上，再往下，是以克为单位计数的。

　　今晚，消夜的香味格外热情，飘散得到处都是。她烦躁地踱来踱去，有好几次都蹭到休息室门口了，又咬住嘴唇转身离去。她提醒着自己，没志气，没毅力，还说什么瘦身？你不想再穿魔术收腹裤，不想再穿黑衣服，你想穿酒红、雪青、柠黄、芥末绿，想穿印花、棋格、镂空，穿月光一样的薄纱裙子。你要向地球上最伟大的减肥偶像妮可·里奇学习，从土肥圆羽化为时尚女王。

她走到窗边，推开窗户，把头伸出去。纤弱骨感的月亮，斜挂在研发大楼的一侧。大楼的玻璃外墙是绚烂的金属蓝色，月光下闪着粼光，像大海兜底儿一掀，直立而起。

在这栋布满服务器的建筑物里，她身体内部的服务器正无声地瘫痪，她强提着一口真气，奋力支撑起一副空壳，试图用意志来对抗体内的枯槁和紊乱。

饱嗝声从休息室传过来，悠长，畅快，似召唤，又似诱引。她觉得自己全身上下只剩一个胃，她在用胃感受和认知整个世界，一个干瘪和异常敏感的胃。不知哪根神经一松动，她忽然就泄了气。她绝望地跺跺脚，心想顾不上那么多了，带着放纵一回的快意与痛楚，她奔向了休息室。

接下来发生的事情，完全偏离了她的设想。

她冲进休息室准备纵情狂欢，凶猛的油膻味一头撞过来，毫无预兆地，一股酸水从抽搐的胃里泛上来，她失控地呕了一声，液体涌上喉咙又被她强行咽了下去，她捂住胸口，拼命往下压。

同事们目瞪口呆地看着她，她平复住呼吸，背对着门，慢慢退了出去。

经此哗变，惶惑不已，不知该表扬坚贞不屈的身体，还是为它的自行其是而羞恼。她亲自败坏了自己的胃口，烤串之流，已非她的补给。最近一次，她体验到饱足感，是在潘舒墨的小屋里，某种甜蜜而异样的饱足感。那天之后，借着她难得的空余时间，他们又在茶社清吧等处约会过几次。

小屋和小屋里的男人，正隔着雾气迷蒙的深夜，脉脉地凝望着她。

她的身体又不听话了。

她撇下工作溜出研发大楼时，是梦游般的不真实感。好孩子，好学生，好员工，一路走来，她身上有一种被驯化的优秀。在公司这些年，她从没翘过班呢。想到项目组的同事，她有些惭愧。他们实诚、一根筋、肯下力，这都是年轻人才会具有的美好品质。年轻的工程师们也面临着各自的困境：发量可疑、颈腰椎病、在重复劳动中深陷和坠落、既无时间也无热情保有和发展一点儿自己的兴趣、被富足安稳的生活牢牢控制而一点儿都不敢动……

无论如何，她逃出来了。去下沙村的路上，父亲仿若与她同行，今夜的她，正向着流逝的时光，接续上父亲的骨血和根脉。

潘舒墨的住处，门虚掩着，里面传出音乐声，是许巍的《水妖》。

那段磅礴激越的吉他声响起了，瀑布一般凌空而下，轰然落地。她从背后抱住他，像对着一盅酥皮海鲜汤，把层层叠叠的起酥轻巧地卷起。他回过身来。她又把自己铺成一张金黄色的蛋皮，妥帖地包住肉泥。她预热、升温、焗烤，让青花鱼充足的油分从容地渗出，在皮肉之间鼓胀充盈。她是浓稠繁复的酱汁，耐心地完成一次入味的腌渍。

肥白的汤圆在热腾腾的滚水里浮浮沉沉，糖浆越熬越黏稠，火锅欢腾地冒出白汽，娇软的鹅肝化成玉液琼浆。终于，一口细细的白牙，温柔地咬开了酒心糖、灌汤小笼包、奶黄流沙点心。一把秀气的小刀子划过牛排，脂肪的芳香刹那四溢，被猛火锁住的肉汁缓缓流出，露出水红色的嫩肉。石榴开裂，宝石般的籽粒飞溅出新鲜清甜的汁液。

世界沉沉入眠，静谧而甜美。

潘舒墨突然从小床上弹起，踢踢踏踏地跑进卫生间。

这个时候，好比喝下一杯好茶，正回甘呢，他跑去做什么了？张倩女用床单裹住身躯，好奇地跟过去，她看到，他竟然在搓洗一件短袖衬衣，忧心忡忡，直到把衬衣抻平晾好，神情才放松下来。

他什么都不说，面有惭色。张倩女约莫猜到了，也不点破。

过了一会儿，他发觉如此卑微的自尊毫无认领的必要，解释起来："深圳这天气，一天下来衬衫全湿透了，一股酸臭味，而我只有两件衬衫，意味着每天都要洗一件。赶上阴天下雨，替换的那件干不了，就使劲儿拧，哪拧得干哪，最后还是湿漉漉地穿上，下摆紧贴着肚皮，用身体的热乎气一点点烘干。"

每年都有那么几个月，湿气成为南方的主宰，湿气蠕蠕地爬进人的四肢百骸，骨缝里仿佛要渗出水来。青苔在背阴的地面绵延出厚而密的一片冷绿，又沿着树干向上生长。在阴湿深入骨髓的夜晚，张倩女做过一个梦，梦见全身垂下流苏般的长长的绿毛。

潘舒墨说："所以，五件短袖衫是在深圳生活的底线，这样就能拥有一个从容的工作周，不用上班时挂着家里的衣服能不能干。"

她明白了，难怪总觉得外面下着雨。此地居住的人，大都只有两件衬衫，一下班就洗好晾出去，水珠从一个个窗口滴下，砰然落地，恍如雨季。

他问她："你有没有想过，我们为何要这样活着？为谁活着？急于被什么承认？你，我，李凌飞，杨菁，王磊。"

她一脸倦怠，说："没细想，顾不上细想，就一步步被逼到了这里。"

他失神地说："乖，不捣乱，擅长和解，默默挣钱，训练有素的隐忍，我本来不是这样的人，太压抑了。"他盯住她，说，"你也不是。"

她能听懂他的话，心像被蜇了一下，疼得她捂住了胸口。她想起父母来，想起他们眼睛里偶尔闪过的，水银珠子般的晶亮晶亮的光芒。

她皱着眉头，使劲儿地说："我讨厌自己，讨厌那份工作，我训练自己热爱它，把它当成人生的寄托，可你不知道它有多无趣！"说完很解气的样子。她接着问，"真的没有选择吗？"

他说："少数人的选择不叫选择，是败退。我想过回留州，父母能照应我，小地方日子也舒服，我喜欢怎样就怎样。可到底差了点儿什么，白天还好，夜深人静时难免后悔不甘，也许这辈子都过不好了。依循本心地生活，就真能幸福吗？真会满足吗？说放下就能放下？我没把握。"他向外看去，说，"深圳就在我对面。"沿着他的视线，她看到远处是保利剧院，充满未来感的造型和色彩，宛若银河系里的天体。

他一脸迷醉地说："我经常查看保利的演出信息，上周是林怀民的《九歌》，这周是瓦格纳的《指环王》，太丰盛了。"

他摇摇头："可惜，我被焊在了下沙村。这是消磨志气的地方，让人意兴阑珊。最消沉的那段日子，我特别希望，希望天降横祸，一辆豪车冲过来撞上我，如果幸运的话，不死只是半残，我不告酩酊大醉的富豪，我肯定选择和解，这本来就是钱能解决的事。我一有钱，就买房在深圳定居！"

他猛然抓住她的胳膊，摇晃着，说："倩女，你不知道我心里有多急！我多想混出点儿名堂！我特别恨那些嚷嚷着房价还涨的人，今天买下自己住了，明天就盼着涨，虚幻的财富也能叫人疯狂。我没有自己的房子，像私处袒露在空气里，没有自己的房子比得了性病还羞耻，还无脸见人。"

张倩女想起了自己的羞耻。相亲的男孩用指控的眼神看着她，仿佛她是不洁的、有罪的，他们的神气里，透着唯恐被她沾上、被她缠上的机警、冷淡与小心翼翼。有个男孩怕她不自觉，还敲打她说：在动物的世界里，雌性过于肥胖，是对所属物种的犯罪。

足够了，羞耻，就是她和潘舒墨的信物，他俩的山盟海誓，远比众多城市男女精算得来的婚姻更禁得住推敲。

想到这里，她说："你不会焊在这里的，下周见见我父母，咱俩定下来吧。"

潘舒墨表现出一种恰到好处的惊诧，随即握紧她的手，用力点点头。

本来，张倩女想扎扎实实、慢词长调地谈一场恋爱，听了潘舒墨的话，她感觉事情突然紧迫起来。这个坎一下子就迈了过去，倒也凝练。

周末，张倩女去机场接到了父亲张亭轩，这是他第二次来深圳。前年他初到深圳，发现女儿变得如此不堪，震惊而痛心，问了一通，骂了几遭，终也无能为力，他住了一星期就闹着回去。

父亲迫不及待地逃回留州的小院，也遁入到旧日的生活中去。小院里，时光逆流回溯，停驻在可堪温习的某一段日子。那时，他每天坐在庭院里，气定神闲，虚位以待。宾客结伴而来，或擎着两包桃酥，或拎着一网兜橘子。寒暄过后，宾客环绕着石桌坐定，父亲开始高谈阔论。他是杂家，是通才，是天赋异禀的民间奇人，会聊天，会讲笑话，周身充满磁力。从历史到宗教，从诗词到音律，他博闻强记莫测高深，时有精辟之论。宾客们如沐春风，做倾听状，做顿悟状，做陶然欲醉状，频频颔首，间或插话。

　　渐渐地，这批宾客是空手而来了，表情里多了几分亲昵的轻佻。父亲的兴致也不那么高了，演讲时观点和金句经常重复，终于，这茬宾客竟渐至零落消失。父亲的叹气声，在大片的寂静里缓缓流动，又被风传得很远很远。好在，很快又有另一拨人找上门来，父亲坐而论道，重展风采。

　　二楼窗下的张倩女震惊地发现，父亲居然是背出来的，他太熟练了。

　　已然烂熟。这使得他的演说流畅生动，从不磕磕绊绊，洋溢着充沛的自信，上天入地，光彩四射。他的听众是小城的各色闲人，无业、自由职业或病休在家，共通之处在于爱好文艺。母亲出于医生的洁癖，曾厌恶地指出：那梳大背头的似乎不是什么雅人，是个名声不佳的神棍。父亲摇头说："哪是神棍？是本城堪舆界的名人。"他又提议，"客人在时，你也一起坐坐，你就凑个趣嘛！"她蹙紧眉头，说："去倒一圈茶吧，我可没工夫闲聊，还得做饭呢。"

　　固定而频繁地与父亲来往的闲人，只有戚叔叔一个。张倩女从窗口望下去，发现他俩像古画上的两个人。两人一坐就是半天，静物般沉默着。偶尔，戚叔叔的话音儿随着穿堂过屋的微风，飘进张倩女的耳朵，她听见戚叔叔说：风雅委地，时运不济啊。

有段时期，两人找到了一个可持续讨论的话题，那就是《红楼梦》。他们谈论无才补天的贾宝玉，互相恭维对方是"留州甄士隐"。戚叔叔特别喜欢谈秦钟的遗言，说一个正值韶华的妙人儿，临终那么挫败，为什么？因为没实力，没有立足于世的实力。父亲点点头道，秦钟遗言，说不定正是宝玉一生悔恨之处。他若功成名就，家族兴旺，也就保住了众姐妹的大观园。戚叔叔说，大观园永不凋敝，这是他的理想啊。殊不知，功名利禄那条路，才是滋补理想的唯一的正途。父亲说，那么美好的生命在末世挣扎，要救她们，只能自己跳进泥淖，他不愿跳，就眼睁睁看着，再一个个地哭着纪念。

二楼窗户里，张倩女从书架上取出《红楼梦》，按回目翻查到秦钟去世的段落，她反复将遗言读了几遍，只觉平淡无奇。

这时，她听戚叔叔说，年轻时读红楼，秦钟去世的一段没引起注意，年纪大了，才咂摸出味道来。父亲附和道，浪荡子秦钟临死时大彻大悟，说错的是自己，格外让人觉得沉重。

戚叔叔走后，父亲独自坐在阴凉的丝瓜架下，鉴赏着庭院里的日影、花木和鸟声。他像一件古老的旧物，蒙着厚厚的灰尘，轻轻一碰就嘎吱嘎吱地响，一阵风就摧枯拉朽。他的眼睛，像两孔黑魆魆的山洞。张倩女知道，只有把各色闲人拢到家里来，才能为他带来一丝光亮。那段日子，她时常替父亲担忧，前方那些庸常的日日夜夜，他该怎么度过呢？

很快她就读了寄宿高中，接着离开留州去上大学。她断断续续地听母亲说起，父亲学了太极拳、旧体诗、昆曲，而且，父亲是留州第一批学会喝工夫茶的人，学会后鄙夷地把大茶缸子扔进垃圾堆。母亲的讲述拼接起父亲这些年的生活，看来，父亲对自己陷入那种机械而可鄙的滑熟中去也早有不满，于是勇于跨界不断研习新才艺，推陈出新以维持上座率。

此刻，阳光穿过机场透明的顶棚，照亮了来来往往的旅人。张亭轩说："倩女，还在减肥吧，瘦些了！瘦了好，我不怕别的，就怕糖尿病三高什么的找上你。"他的头发像落了一层薄雪，灰白色的脏雪，比起同龄的男人，他更显萧索衰老。

快到家时，张倩女朝父亲诡秘地一笑。她推开门，身子立刻闪到一边，满怀期待地看着父亲。一套崭新的骨瓷餐具，亭亭玉立在餐桌上。白底釉下彩，明艳的黄绿色，那颜色仿若刚点上去，还水灵灵的呢。图案是蝴蝶忽闪着翅膀落在水仙花上，用手轻轻一弹，便发出清脆而悠扬的响声，这是为迎合父亲的审美情趣，特意添置的新餐具。

张倩女一直记得，某个夏日的黄昏，父亲赋闲在家一年有余时，他忽然毫无征兆地发难，伸长食指，指着石桌上的几个搪瓷盘、不锈钢盆，说："无论多好的菜，用这些家什一盛放，就叫人毫无食欲了，真是破败潦草！不能用好看点的盘子吗？"母亲说："一样吃，还能变了味？"父亲摇摇头，拖着长音道："夏虫不可语冰，朽木不可雕也！"

这话似乎蕴藏着可怕的杀伤力，张倩女看到，母亲的脸霎时紫红肿胀，她的嘴唇不受控制地哆嗦，想辩解什么，又说不出来，母亲拼命眨眼睛，把眼泪硬憋了回去。第二天，她从百货公司买回整套五十六头的骨瓷碗碟，她把晶莹剔透的瓷器在餐桌上铺陈开来，一件件细细玩赏了半天，看起来，她比父亲还要喜欢这些美丽又脆弱的小玩意儿。

父亲的言行举动，为日常生活增添了幻境般的戏剧效果。他或午后高卧或焚香静坐，每逢彼时彼刻，母女俩就不再高声说话，走路也蹑手蹑脚，如履薄冰地供奉着他的优美和诗意。有时，闲人们翩然造访，母亲袖筒卷得高高的，正在院子里晾晒衣服，一条褴褛的红内裤还往下淌着水呢，蓦地，她从粗鄙无文的生活场景中抽离而出，像登上炫彩的戏台，生疏而做作地说，不巧啊，他踏青去了。不巧啊，他赏雪去了；不巧啊，他钓鱼，不是，他垂钓去了。母亲拙劣地拿捏着声腔，张倩女很替她难为情，但父亲每次出门的时候，的确是这样跟家人告别的，我踏青去了，我垂钓去了……

作为高雅新餐具试图取悦的对象，张亭轩神情复杂，显然他不知该如何反应。他视而不见地靠坐在沙发上，从茶几下面拿出塑料纸杯，给自己倒了一杯凉白开。

四

这是南方盛夏季节特有的暴雨天气，黑夜瞬间驱散了白昼。雨下得如此酣畅，整个城市恍若在大雨里漂浮起来，积木般晃晃荡荡。几道银亮的闪电不时划过，像天空疼痛地裂开几道口子。

早晨一起来，张倩女就给父母叨叨，说潘舒墨在公司上班，坐办公室的，家庭也是留州的小康人家。她反复强调，你们放心，他不图我什么。我俩很早就认识，又交往了一段时间，是有感情基础的。想到两人共有的羞耻感，她又加上一句，是牢固的感情基础。张亭轩欣慰地表示，先同学再恋爱，挺有缘分哪。劳玉的狐疑并未消散，只是不便露骨地质疑女儿的女性魅力。劳玉满腹心事的样子让张倩女有些不安，母亲年事已高，减肥又跟着受罪，精神高度紧张，有好几次，她感到母亲濒临爆发了，谁知母亲毕竟内功深湛，自个儿又消化了。

潘舒墨赶到张倩女家中时，衬衣贴在身上，新做的发型岌岌可危，手里的烟酒糖茶却没被淋湿。张倩女接过礼品，替他拨了拨头发，说："真想不开，东西是小事啊。"

张亭轩站起身来，冲潘舒墨满意地一笑，小伙子斯文白净的相貌深得其心。劳玉的脸上却露出医生惯看悲欢离合的淡漠表情，转身去了厨房。张倩女跟过去，大声说："妈，我给你打下手。"旋即凑到母亲耳边，说："和气点儿，他又不是你的病人。"劳玉点点头，嗔怪道："瞒得真紧，我都没有心理准备，你急火火地就把你爸叫过来了。"张倩女说："也没想到这么快，不过话说回来，年纪到了，人又可心，还拖着干吗?"

这顿饭启用了雅致的新餐具，以示隆重。潘舒墨极力赞叹餐具的精美，张亭轩没接话，岔开了话题，说："吃菜吃菜，凉了就没法吃了。"

张倩女自律地夹起几根青菜，潘舒墨体贴地说："倩女，你胖瘦都好看，中午这顿也没关系，来点儿清蒸鱼吧。"张倩女架开他的筷子，笑着说："自己受用就好，别来招我。你别不信，我是一定能减下去的。"只有她自己明白，如今，减肥的坚决里揉进了几丝柔软，不光为重建自身的生活，更是因为心疼他。连着两次，她都看得很清楚，当激情退却他的视线落在她身体上时，如灼伤般迅速移开，并痛苦地闭上了眼睛。

席间，劳玉不冷不热的，张亭轩和准女婿倒甚是投契。趁两人在热聊围棋，张倩女说："舒墨很有才情，全身都是文艺细胞。他连手指都那么漂亮，会吹笛子，会画山水，对了，还会变魔术。他聪明着呢，下棋一下就是一天，连饭都不吃。"

夸着夸着，张倩女看到，母亲的脸，母亲的笑，像突遭奇寒的瀑布，水流着流着凝成长长的冰凌，尖尖地向下戳着。父亲也像被人掐到痛处，热乎乎的气氛忽然就冷下来了。张倩女心一沉，本来，她以为父母会世故而心照不宣地接受这个男孩，并演技精湛地表现出对他的关爱。

劳玉蓄势待发，她讥诮地说："嗬，这一身的本领，能出名吗，能变现吗？"她又板着脸问，"除了会吹笛子，会变魔术，你会做家务吗？"

她的口气令人很不舒服，潘舒墨保持着风度，说："阿姨，你是指做饭洗衣服吧？会一点儿，会做。"

张倩女说："妈，哪有问男孩子这个的！"

劳玉一脸严肃地说："倩女，你不了解家庭生活，这很重要。"她接着问，"舒墨，你会带小孩吧，我是说，你以后会学着带小孩吧？"

这不合常规、近乎刁难的提问令潘舒墨更加尴尬。劳玉像变了个人儿，老巫婆般逼视着他，发出阵阵冷笑。

张倩女扶住桌子，说："妈，你太过分了。"张亭轩也责怪道："你，你这是什么意思，慌腔走板，太失礼了。"

潘舒墨站起来，用拇指勾住裤子口袋，他小声说："我还是先走吧。"张倩女瞪了母亲一眼，说："我跟你一起走。"这时，张亭轩也跃跃欲试地站起来，似乎也想往外走。

"你们谁都别走。"

说着，劳玉疾步走到门边，顺手抓过皮包跨在肩上，她用身体挡住门，像在守护一个出口，一个可以逃出生天的出口，她说："我走。"

没人能预料到这个后果。往昔岁月里，情绪变化无常的张亭轩曾多次摔门而去，闹脾气的张倩女也曾夺门而出，去街上游荡或去同学家倾诉。

劳玉幽幽地说："这么些年了，我不止一次地幻想，想你和你爸消失掉，哪怕消失一两天也好。"

剩下的人都愣住了，仔细一回味，这话里有一种平静包裹下的惊天动地，一种不断滋长、无从化解而日趋深沉浓重的痛苦，让人悚然心惊。这话也挺伤感情的，但张倩女无比清晰地感觉到，这不是一个伤不伤感情的问题。

劳玉接着说："每天最高兴的事，似乎就是忙活完了，把自己扔进沙发里。"她的话，不见刀锋，却分明已划破了什么。

张倩女对母亲的习性印象深刻，母亲确实有一个投掷的动作，把自己痛快淋漓地投掷进沙发里，然后蜷起身体，半张着嘴巴看电视。本来，张倩女以为母亲完成这个动作时身心舒畅，现在她才领悟到，这个动作里隐含着的放弃与屈从，本来，她以为沙发里的女人快活圆满，现在她才体会到，这幅家常画面里暗藏着的惨烈、销蚀和幻灭，这里头，有一种绵密、隐蔽而阴险的力量，有一种无底深洞般地腐蚀性的快乐。

她又想起自己透过小窗看到的一幕，下了班的母亲久久站立在家门口，她抬起脚来，又后退几步，迟疑地逡巡着，当她终于迈进自己家时，即使相隔一段距离，张倩女还是看到了，她的肩膀在战栗。接着，她走进厨房，再出来时，蓬松如雾的发卷已塌陷。最早，她进厨房前会戴上白帽子，后来不知为何也不戴了。

积蓄已久的雨水，宣泄般扑向大地。

劳玉守住了门口，披坚执锐，这不是她的风格，此刻与过往缺少过渡。她终生都在自我控制，合乎规范与道德，她以通情达理、宽厚和顺而著称，从不由着自己性子胡来。她擅长把喜怒哀乐搅拌均匀，得体地应对她的丈夫、女儿和病号。还没等众人回过神来，她敏捷地拉开门，像一条鱼一样轻快地滑了出去。

劳玉就这样滑了出去。剩下的三个人张口结舌地站着，房间里满满的，全是难堪。张亭轩手里的健身核桃球都忘了放下，他像拿了一块热地瓜，不停地从左手倒到右手，右手换到左手，他的眼睛不敢看潘舒墨——这个代他受过的年轻人。

不知何时，潘舒墨也悄悄离开了，张倩女完全没注意到。她仍在回味着刚才的一幕：母亲滑了出去，宛若一条鱼滑进海水。她懂事以来，一直无法将目之所及的头皮屑般琐细零碎的母亲，跟当年那个充满艺术气质、遭遇街头爱情的女孩联系起来。但母亲滑出去的一刻，两个形象终于令人信服地重叠在了一起，美丽，疯狂，不计后果，单细胞动物般透明，一通电就亮了，太阳一晒就热起来……此后的日子里，张倩女始终记得这个如梦似幻的场景，母亲是娴熟的，行云流水地滑出去，好像在意念里演练过多次。

晚上，劳玉发回一条短信：别找我，我很好。

两天后，张亭轩返回留州，回到独门独院的两层小楼里。到家后他给女儿报了平安，说："深圳是个好地方。你看小区里的荔枝、杧果、波罗蜜，不用专人照料，自个儿就能长好，一嘟噜一嘟噜地结果子。只是我住不惯。你要想爸爸了，就回来看看。"

张倩女说："爸，有时候上来一阵儿，真想任性一回，不干了，天涯海角地想去哪儿去哪儿。"

张亭轩思忖良久，说："不要冲在最前面，也别落在后头，你现在就挺好，城市人，高工资，多少同学羡慕呢，可别瞎折腾，叫人笑话。你们这拨孩子，聪明，遵守秩序，适应力强，大有可为。"

他的话虚弱无趣。张倩女心里很难过，嘴上却说："爸，别担心，想想罢了，还能去哪里？我以成为华跃人为荣，我会坚持住的。"

放下电话，她不得不承认，父亲早就是个老头儿了，那层炫目的光圈也早已消散。

经历了多年的过度解读和透支消费，那个熠熠生辉的晚上终于油尽灯枯。那晚，音乐教师张亭轩把妻女召集起来，他说："音乐课是高中的附庸，校长不懂音乐，学生们也毫无音乐才华。对我来说，上课就是浪费生命，把自己一点点废掉。我辞职了。"他宣布时语调平静，像轻松地完成一个高飘的空翻，飞升而去。父亲的平静是一种绝对的震慑，传达出勇敢、坚定、深思熟虑等丰富的讯息。母亲没有哭闹，也没有昏厥，相反，她的眼睛忽地亮了一下。那会儿，时代还未突然加速，人们还不上蹿下跳，房子是祖业，钱值钱，母亲作为知名的内科医师，受人尊敬且收入不菲。上小学的张倩女，正是表面乖巧、内心激荡并极度渴望偶像的年纪，她觉得，就该有父亲这般高级独特的人物，不上班，无所事事，日子拿来虚度。父亲是自知的，他英明地踏进遴选过的生活，不含杂质地成为自己，替胆怯的人们做梦，宛若灰暗人世的一星微光。多年来，张倩女自卫般地拒斥着真相——显然，父亲享受不了没有界限的自由，内心也从未安定，他把那晚的抉择，拉低到魔怔、犯傻、失误的层次，降格为一时糊涂的愚蠢决定，甚至，像懦弱无能的逃逸。

他先莽撞地拒绝了世界，过后才发现，自己根本没有拒绝这个世界的能力。为兜住这个错误，他潜心学习书法和国画，攻柳体，习花鸟，欲以润格致富，结果只能过年时为亲友免费写春联。他专门钻研过演说技巧，期盼跃升到有识之士听他白话还给他钱的完美境界，结果只吸引了小城的一批珍禽异兽。

张倩女记得，父亲为邻居女人写春联时，女人拉着劳玉，夸赞道，你男人真巧啊。劳玉摆摆手，巧什么巧，万金油，玩家子，一会儿风一会儿雨，神经兮兮。邻居女人亲热地用胳膊肘扛了她一下，脸上露出意味深长的笑容，说，好好哄着吧，让他自在！

现在的父亲，是个神色惊恐而脚步虚飘的男人。他花费了大半生的时间，亲手推翻了自己。

过了几日，劳玉又发来一条短信：别找我，我在净尘山，想一个人待几天。

张倩女想起母亲的描述，山上的房子是乳白色的，窗前垂下镂空的米色纱幔，推开窗子，迎着人的是一大片碧绿的湖水，窗边爬满茑萝、丹桂、凌霄、木香、扶芳藤，花枝垂入湖水，湖面上落满花瓣，风从远处吹过来。她依稀看到，母亲就站在窗前，全身像在花香里蘸过，芬芳迷人。她回了一条：亲爱的妈妈，照顾好自己。

此时，她才想明白母亲话里的深意。原来，母亲说的"我们"，不是指她和丈夫。"我们"，是母亲跟另外一个自己。

母亲的手机始终打不通，她的生活处于自觉闭合的状态。晚上，张亭轩向女儿打探消息，张倩女说："我妈应该也在留州，西郊的净尘山，她想一个人待着，你不用去找她。"

张亭轩说："西郊哪有什么净尘山，是连成片的荒山，没名字，也没开发呀。"

张倩女心里一动，说："她成心不让我们找她。"她伤感地想到，实际上，她和母亲从未亲密无间，她想当然地认为，母亲这般的普通妇人，早已不需要某种层面上的高贵而多余的生活。

张亭轩说："咱俩没事就打打她的电话，说不准什么时候开机。"

张倩女答应着，电话那头，父亲接着说："你妈最懂我了，我们是一类人，只不过……"他终究没再说下去。

张倩女感到脸颊上热热地，是眼泪在流。她羡慕这个失意的男人，他精彩过。她也佩服老妈，五十几岁的人了居然还有力气挣扎！

她站起身来想透一口气，想仔细看看，自己的眼睛里到底有没有水银滚珠的亮光，她刚站起来，就察觉到一股压迫的力量形成合围之势，渐渐逼近她。十面埋伏。她瑟缩着重新坐下去。毫无疑问，她的敌人更加阴沉强大，那是一个裹挟着整整一代人的庞大而严密的系统，像一个深深的坑洞，让她怎么爬都爬不出来。

她找了个借口挂掉电话。

眼泪慢慢干了。

又坐了一会儿，她打开电脑搜索，不断输入关键词，净尘山、湖水、白房子，然而，她在浩浩汤汤的信息世界里，找不到一个匹配的结果。

她枯坐在黑暗里，潮汐般的饥饿感准时涌上来，她拨通了潘舒墨的电话："在哪儿呢?"

他报以沉默，半天才回答："还能在哪儿，问都不用问的。"

饥饿又来了，它躁狂地伸出尖尖的牙齿，乱扑着咬人。她的腿，拖着她下了楼，她的手，伸到货架上，拣了一堆臭名昭著的零食：薯片、鱼蛋、花生米、豆腐串、炸鸡翅。她渐渐适应了它们的气味，她拈起鸡翅根，油顺着手指头往下流，这是蛊惑人心的场景，饱含着尘世的乐趣，她死死咬住油透了的动物残肢，有一种沉沦的快感。

总算过瘾了。她彻底不要自己、自我惩罚般地大嚼着，抻着脖子，昂起下巴，动作近于困兽的撕扯。她沿着一个光洁如镜的斜坡往下滚，舒服，滑畅，一切都那么顺利。

东西很快吃光，悔恨和自弃夹缠在一起，她无比嫌厌自己，亦心灰意冷，虽卸去减肥的重负，却并未感到轻松。生活不知道出了什么问题，也许是致命的系统错误吧，总让她有欠缺感，总让她不停地想吃东西。从明天起，她要疯狂吃遍各种经典的下饭菜，地三鲜、卤猪耳、咸鱼茄子煲、尖椒鸡蛋末、油豆角焖排骨、红烧肉炖小土豆……她要把每片猪头肉在芝麻酱里滚一圈再送到嘴里，那得有多香啊！电流般的酥麻感在她全身传导。

此刻，潘舒墨在下沙村埋头洗衬衫，迷茫地搓洗着，水流卷着泡沫漫过他下棋的双手。父亲在小院子里，研究地上的月光一寸一寸地向西推移，母亲在那个据说叫净尘山的地方，孤独，幽闭，安详。

她坐在窗下，想起二楼的那扇神奇的窗子，那会儿她能看到，无数条小路通往云朵洁白的天空。

她从窗子望出去，是无边无际的华跃圈。她突然感到很厌倦，她就这样看着窗外，不知不觉地，天已经亮了。天地如此宽广阔大，可她不知道，还能去哪里。

《当代》2013年第6期

第四十圈

邵 丽

"以眼还眼，以牙还牙，以手还手，以脚还脚。"
————《旧约全书·申命记》

上 部

一

十六岁那年我发表第一篇小说。说起来甚是好笑，这篇作品像一个孤儿，前不巴村后不着店。其后将近二十年时间，我没再写过什么东西。不但没写过东西，也没做过什么让自己高兴的事儿。生活黏巴巴的脱不开手，二十年时光，左支右绌，只用来应付生计已是身心俱疲，遑论其他！在一次高中同学聚会时，有人提起这篇小说，告诉我小说中写到的"那个人"现在已经是国家某银行人事司的司长了。老天爷！"那个人"是哪个人？连这篇小说的事我都不记得，怎么还会记得那个人！

二十年，可以忘记的事情很多，而且都比一篇小说要大——生活在这个星球上，坐地日行八万里，浑然有序而又阴错阳差。每天有三十七万人出生，十六万人死亡。想想看，与此相比，我们平凡的一生有什么大事可言？

不过，我着实听说过一件大事。那是我以一个作家的身份下派到天中县挂职当副县长期间，县里很多人给我说起曾经在这个县轰动一时的一起案件。是个杀人案，但也不完全是杀人案，案子里面套案子，挺复杂的。案件已经过去十来年了，现在大家还津津乐道。而跟我讲述这个案件的人不同，案子的面目也不一样，对里面各色人等的评价更是千差万别，真像一出"罗生门"。这谁也别怪，我理解他们，案件不管多复杂，那是别人的。

第一个跟我说起的是我的司机刘师傅。可从我到县里任职一直到离开，他始终也没把这个故事讲囫囵，其他人说的更是支离破碎。那次刘师傅送我回省城，在路上主动向我说起齐光禄——齐光禄是这个案件的主角。"赵县长，您是写小说的，那齐光禄的事儿，讲说起来比小说都好看。"——我相信他从未看过小说，他生活中就两件事，开车和打牌。天中有俗谚：一怕孙书记讲政治，二怕刘老四"推拖拉机"——孙书记是县委管宣传的副书记，他安排秘书写讲话稿就一个标准，"今天是开大会，话不能说矬了，给我写够五十页！"刘师傅在家排行老四。据说他打牌可以三天三夜连轴转，眼睛都不带眨巴一下的，人在阵地在，不把对手熬趴下他决不下战场。

我说："你说来听听。"

"他怎么就那么狠，眼睁睁地把一个派出所所长给剁碎了，"

他一边吧嗒嘴，一边说，"这个所长我们早就认识，过去他没当所长之前，就在政府家属院住。挺内向的一个人，从农村考上的大学，第一个老婆跟人好了。找这第二个老婆也不是个正经货，名声不好，老大不小也找不到对象，最后不知怎么的就嫁给他了。"

凭我的职业敏感，我知道这可能就是我下来挂职所要体验的"生活"，就这短短的几句话，一篇好小说所需要的张力已经有了。我问他："你说的这个齐光禄为什么杀所长？总有个前因后果吧！你能不能把这个事情详细说说？""哎哟！要说那真不是个事儿！那算个什么事儿啊？唉嘿！钱，人家该赔也赔了，政府该补也补了，所长该免也免了。"他左手开车，右手捏着指头算着这三个"了"，好像这是一桩可以计算的买卖似的。

我坚持让他从头到尾说详细点儿。他寻思了半天，说，一时半会儿根本说不清，这得抽个时间好好说道说道。我说："我们路上有将近四个小时的时间呢！"

"四个小时？那不够，太复杂了！"他摇着头，又重重地叹了口气，"太复杂了，想想就够让人闹心的。"

二

汝河往南走了一大段，又掉头往西去了。这样的走势在平原地区很罕见，属于倒流，所以当地人也把这条河叫作回头河。汝河河湾处夹着一个小镇，很像一个人的胳膊搂着个孩子。小镇与县城隔河相望，但是无路相通，只能坐船过去。别看这个镇子不起眼，名字却响亮得很，叫天中镇。也是因为有这个镇子，这个县叫天中县。据说这个地名是乾隆爷下江南路过此地时封的。但这种说法很值得怀疑，我从史书上看到关于天中的记载："禹分天下为九州，豫为九州之中，汝又为豫州之中，故为天中。"后来，我又在县志上看到"天中"二字竟然是唐朝的颜真卿所书。可见，历史真是不值得认真端详。

天中镇镇东头住着一户人家，户主姓牛，人我皆称呼牛大坠子。"坠子"在当地土话里两层意思：一层是对本地戏曲的统称，一层是指一挂鞭炮最后那几个最响的大炮仗。牛大坠子跟这两样都沾点边儿。先说唱戏这一出，从小他就喜欢，只要一出门口，小曲就挂在嘴上，咿咿呀呀，抑扬顿挫。如果碰上一群人扎堆儿在那里聊天，他便凑上去。禁不住人家一撺掇，他就会半推半就拉开架势。那么胖大的一个人，踩起场子来如风摆杨柳，左手撮成兰花指掐在后腰上，右手撮成兰花指挑在胸前，其势如凤凰展翅，便一唱三叹地开始了：

> 我不告天来也不告地
> 状告皇王御妹婿
> 我告的就是他强盗陈世美
> 秦香莲我本是
> 他的结发妻呀、呀、呀、呀……

至于把他跟大炮仗联系一起，一来是他嗓门大，说话跟过闷雷似的，震得人耳朵轰轰响半天；二来他好充大，说话办事总爱拣个高枝，好像凡事都比别人高明。

坠子爷爷过去曾经跟过袁世凯，专门做手擀面，说是祖传手艺。老袁这个人一直到死都爱这一口儿。老袁死后，爷爷背着太子克定送的一把日本刀解甲归田，刚好遇到兵荒马乱的年月，技艺无以相传。直到后来得了孙子坠子，他才将刀和做面手艺传给了孙子。

不管爷爷是不是跟过袁世凯，用这方法做出来的面真是好吃。刀看起来也是真的，像传说中的皇室用品。坠子当了金豫宾馆的经理之后，把做面的手艺给解密了。相当简单，小麦、红薯、绿豆三种面粉和在一起，磕几个鸡蛋，使劲搅和，待白黄绿三种颜色混为一色，用瓦盆盖在案板上饧半个时辰，然后擀成半韭菜叶那么厚的面皮，晾至半干，刀斜成45度，薄薄地片下去，便成了厚薄适中的面条。用猪油擦一下锅底，把葱姜煸熟，待水烧成大滚把面顺势摆进去，出锅前再放几棵小青菜，点几滴芝麻香油。吃的时候有一股说不出来的"年少的味道"（爷说是袁世凯语）。那时候，就靠着这"袁面"，金豫宾馆红火了好大一阵子，如果不是后来的几多变故，结局肯定不是现在的样子了。

坠子原来在金豫宾馆当大厨，虽然有祖传的面点手艺，他却死活不听爷爷和爹爹的话，做了红案。他不喜欢白案的冷清，对着一堆面粉揉来搓去，让人一点儿都兴奋不起来。他喜欢红案的热闹，爹怎么打骂都改变不了他的志向，于是只好随了他。很快他就出师了，煎炒烹炸相当了得，那完全得益于戏曲给他的启示。他觉得炒菜跟唱戏十分相似，热锅凉油，一把作料撒下去，吱啦一响，是过门儿。待主菜下锅，一出大戏便开始了，锅碗瓢盆叮当乱响，有韵律，有节奏，还有情趣。那是一门让人上瘾的艺术。

刚开放之初，国营金豫宾馆实在经营不下去了，学习外地经验搞起了承包。那时候的人都胆小，商管委开了几轮会议，没人敢接这个摊子。坠子一拍屁股站起来，签了为期五年的承包合同。当时的报纸电台当作是一个重大新闻，进行了广泛报道，说他是中原的马胜利步鑫生，他的壮举将会在中原大地掀起一轮改革大潮，云云。

后来的实践证明他这个决策是对头的，他以"袁面"打头，以周围鄂豫皖地方特色菜铺底，生意做得风生水起，远近闻名。那时候，他牛总经理梳着中分大背头，一套上海"响铃牌"大方格西服，脖子里吊着猩红领带，皮鞋擦得锃亮。不管他去哪里，都让人扎眼得厉害。一辆古董级的黑色"上海"牌轿车驶过，能听到收音机里传出的老包下陈州的唱腔：

> 久念陈州众百姓，
> 辞别王驾早登程，
> 紧催八抬忙走动……

三

机关干部下基层挂职锻炼，总有点儿不伦不类。有钱有势的部门下来还好，能给人家跑个项目批点儿资金什么的，至少能为当地干部提拔重用牵线搭桥。像我们这些文化部门下来的，两袖清风，手无缚鸡之力，很难融入当地。眼看着两年的挂职期限已经过半，我心里不免暗暗着急。一来，自己分管的文教卫属于慢工出细活的工作，干好干坏一时半会儿也看不出来。二来，有形的项目自己一个也没干。别人说起以往的挂职干部，往往是谁谁谁修了水库，谁谁谁盖了一所小学。如果我回去，在县里不会留下任何可资评说的东西。有一次，我给在发改委任职的一个学弟打电话，求他帮忙给弄个项目。"姐啊，"人前人后他都这么亲热地喊我，"不是我给你弄个项目，而是你得先编个项目，我负责给你点儿钱！"电话那头乱哄哄的，好像是在歌舞厅里，那时是下午四点多一点儿。"编个项目？是编制一个项目还是随便编一个项目？"我玩笑道。"哎呀！姐，你这作家都当呆了，那还不是一回事儿？小说是把真事往假里说，编项目是把假事往真里说！"他那边已经开始唱上了，吼了一句粤语歌又跟我说："就这么回事儿，年底快批项目了，正好今年钱多得花不出去。"说完又唱上了。估计他也喝得差不多了，不然他不会这么跟我说话。他是一个知道分寸的人。

第二天，我带着办公室副主任赵伟中和秘书下乡搞调研。在县里，每个副县长都有一个办公室副主任跟着，其权力比秘书大，比办公室主任小，我的一切活动基本上都靠他安排。走路上我问他，"编"个什么项目合适。赵伟中说："赵县长，您是真想办事还是想办真事？"——妈的，这都什么语言，跟江湖黑话似的！我不禁想起学弟"编项目"之说——我说："此话怎讲？""真想办个事出出政绩，县政府项目库里的项目多的是，拿一个就是了。想办真事，那就看您觉得事情办得有没有意义了。"我说："那还用说？我办事的风格你们又不是不知道！"刘师傅插话说："赵县长，咱们县我觉得最值得办的事情，就是县城往天中镇修座桥。这事儿老百姓意见很大。""既然有这样的好事，过去怎么没人办？""哎哟！"他又吧嗒起嘴来，这个动作表示里面有戏，情况复杂，"您不知道，天中镇人不好惹！就齐光禄那个事儿，前前后后拉扯多少年，到现在都没扯白清楚。"赵伟中连忙喝道："老四，别信口乱说！"

我想了一下，说："刘师傅，今天咱们就直奔天中镇！"刘师傅扭头看了一下赵伟中。赵伟中把前面摆着的"县人民政府"的牌子拿下来，扔在脚下，也没看我，叹了口气说："走吧！"

虽然咫尺之隔，可刘师傅说要绕一个多小时的路程才能到。我想起他和其他人跟我说起的齐光禄的事情，心里隐隐约约有一种不安。也不完全是因为今天赵伟中的表现，很多人说起这个事情，都是这样一种态度。也不是避讳什么，好像谁都想躲开里面的麻烦，害怕会缠上自己似的。事情已经过去十多年了，现在说起来还如此讳莫如深，那么在这个案件背后，还有多少鲜为人知的东西？

四

牛大坠子承包金豫宾馆的第三年，来了一个南方女子。开始她是来推销报纸杂志的，养生、口才、营销，什么都有。女子一来二去，跟牛总怎么就对上眼了。牛总不拘一格降人才，把她留下来做销售经理。这个女子不寻常，在销售上确实有一套，见人说人话见鬼说鬼话，不管什么人见面就熟，只要见过一面，下次一口便能喊出人家的职务。再到后来，牛总是一步也离不开她，连自己的家都很少回了。

坠子的老婆也是天中镇人，在家就是个病秧子。身体弱的人，往往性格暴戾。有时候，坠子跟她说不了三句话，她就能拿头去撞墙。所以坠子平时也不敢招惹她，遇到什么事都是躲着让着。坠子当了老总之后，好话说尽，才把她和女儿搬进城里。屋漏偏遭连阴雨，坠子和那女子的传闻，不知怎么的就传到了她这里。她气不打一处来，抓不到坠子，逮住自己的女儿暴打了一顿。谁知坠子刚好回家来碰见，还没解释几句，母女俩合着伙歹毒他。女儿哭着怪他惹事，老婆拿着热水瓶朝他头上砸。他狼狈

049

逃窜。老婆本来身子就弱，又遇到这事儿，气病交加，熬了不到一年就去世了。老婆死后，牛大坠子很快便跟这个女子结为夫妻。结了婚以后他才知道，女子还有一个儿子，比自己的女儿光荣小五岁。坠子心中暗喜，这是买一送一的好买卖，不费力气就儿女双全了。

坠子的女儿牛光荣长得既不像坠子那么肥硕，也不像他老婆那么柴，是个细皮嫩肉的美人坯子，个子细长，瓜子脸，一笑俩酒窝，羞怯中有一种质朴。娘还活着的时候，光荣已经寻到了对象，是自己谈的，只是年龄不到无法办结婚证。光荣的娘一死，光荣跟后娘之间像乌眼鸡似的，你啄我一口，我掐你一下，没个消停的时候。后来光荣索性搬到男方家去住了。再后来，光荣肚子里有了。男方的家长找到坠子，支支吾吾地把这事告诉他。坠子大手掌拍在老板台上，说，那还扭扭捏捏扯白什么啊？让他们俩先上车再补票不就得啦！

婚礼是在金豫宾馆办的。坠子本来就爱排场，当上经理之后结交的酒肉朋友又多，再加上双方驴尾巴吊棒槌的亲戚和镇上的乡亲，前后开了二百多桌。光荣的后娘重装登场，浑身披挂得比继女都像新媳妇，在酒宴上撒着欢儿地卖弄风骚。光荣看着她，当着人面笑也不是哭也不是，新仇旧恨窝成一肚子气，强撑一天，一口饭都没吃。

婚宴一直拉拉扯扯到晚上才结束，牛大坠子与亲家喝得昏天黑地。吃完喝完，一群晚辈闹哄哄地簇拥着小两口回去闹洞房。开始还算文明，交杯酒，咬苹果，亲嘴……闹着闹着就不像话了，一群人先把新郎围在中间"撞墙"，把新郎撞得筋疲力尽瘫软如泥，拱到床底下再也不爬出来。又开始折腾新娘，他们拉着她的胳膊腿往上抛，说是放冲天炮。一下，两下，三下……光荣一天水米没打牙，浑身连四两力气都没有，被他们抛来抛去，开始还能挺着身子，到最后浑身就像一块面团一样绵软无力。最后一抛，面团从众人的手中滑脱。光荣四仰八叉朝水泥地上重重地砸去，像一列脱轨的列车，失速撞向一个未知的黑洞。

五

齐光禄原来并不是本地人，老家是东北那疙瘩的，父亲是军工厂的老工人。二十世纪六七十年代，中国与苏联交恶，因为形势所迫，军工厂大部分迁往三线。他跟着父母来到了鄂豫皖交界的这个山旮旯里，初中没毕业，就回厂接了父亲的班，分到机修车间开叉车。父亲在喷漆车间工作半辈子，退休之前就干不动了，退下来不久就因肺癌去世。家里剩下他和母亲，还有一个患小儿麻痹症的小妹。

齐光禄先是开叉车搬运钢材的时候挤断了一条腿，虽然治疗得差不多，但是走快了还能看出来跛脚。后来又遇到企业军转民，很快他就下了岗，成了一名待业青年。当时政府为了维护社会稳定，给待业青年开了口子，鼓励他们自谋职业，并且在税收、经营场所等方面给予照顾。他就在县城一处居民区的小蔬菜市场里摆了个猪肉摊子。

猪肉摊子离牛大坠子住的楼也不远，隔半条街。按理说他跟坠子沾不上边儿。坠子开饭店当经理，家里吃的用的根本用不着从外头买。可是事有凑巧，有一次坠子下班回来得早，在菜市场下车。他看见齐光禄卖肉的时候，把半扇猪吊在横梁上，谁来买肉他就拿刀过去砍一块，不是多了就是少了，而且肉切下来卖相很难看。坠子一时技痒，快步过去，把猪从梁上卸下来横在案子上，横着剁五刀，竖着剁了三刀，整整齐齐一十五块猪肉码在案子上，煞是好看。

他把刀递给齐光禄说，要想卖好肉，先去换把好刀来！

齐光禄看得傻了，半天才缓过劲来，连忙递上烟，忙不迭地喊师傅。坠子把烟叼在嘴角，示意齐光禄点上，舒舒服服地吐了一口烟。齐光禄说，师傅……坠子也不答话，哼着小曲走了。

旁边的人告诉齐光禄说，你今天算是走红运了。这个人你不知道是谁吧？他就是牛大坠子啊！

从此，每次看见坠子回来，齐光禄离老远就打招呼，两人慢慢熟络起来。女儿光荣结婚的时候，坠子也请了齐光禄去喝喜酒。齐光禄手也不小，封了一百块钱，还添了一床当时算是奢侈品的鸭绒被子。

那天牛光荣被摔到地上，齐光禄就站在旁边。坠子虽然喝得醉醺醺的，可非要坚持把他亲家送回家。齐光禄怕他有什么闪失，也跟着过来了。光荣这一下摔得真是不轻，当时就昏迷不醒，躺在地上动都没动一下。后来大家七手八脚把她抬起来，赶紧往医院送。肚子里的孩子没保住，光荣也昏睡了四十多天。光荣的婆家在她入院的时候交了两千块钱押金，后来再也不露面了。牛大坠子去找他们理论，婆家说，他们俩又没登记结婚，这婚姻不受法律保护。人是你们家的人，我们又没动她一指头，凭什么该我们管？

坠子气得回家喝了一斤二锅头，跳起脚在屋子里大骂，可是于事无补，毕竟他没能力拿住人家。让他万万没想到的是，这才是他倒霉的开始，要不怎么都说祸不单行呢！饭店五年的承包期到了，他要跟商管委续签合同。商管委的头儿说，你来得正好，省我们跑一趟冤枉路。赶紧交钥匙吧，这宾馆我们已经包给别人了！坠子一听如被雷击，站在门口跟人家嚷嚷道，金豫宾馆的门楼子没塌下来，到现在还这么红火，都是我牛大坠子一铲子一铲子炒出来的！你们把我一脚踢开，这不是卸磨杀驴吗？还讲不讲理？头儿说，我们不能讲理，只能讲法！现在是法制社会——简直跟光荣婆家一个口气——他急得跳脚撒泼，指着头儿说，我一把火把宾馆给你们点了，看你们还跟我讲法不讲！头儿根本没搭理他，从兜里摸出一个打火机，扔给他。看他没动静，又摸出一个，扔给他扭头走了。

一整天，他眼里心里尽是打火机。晚上回来又灌了一斤二锅头，哭着骂道：对你们不利的事儿，你们就跟我讲理。对你们有利的事儿，你们就跟我讲法啊！

骂归骂，现实还要面对，末了还得乖乖听话。钥匙交了，车子也交了。当天晚上，他把齐光禄喊过来，两个人一人一瓶"汝水白干"酒头对着吹。悲愤指数升高，酒的度数也要跟着升，七十三度，一点儿水都没掺。喝到七八成熟，他从桌子底下拽出一个红木匣子。打开来看，里面是一个明黄色布包，搭眼一看就知道不是凡常人家的用品。坠子把黄布包小心翼翼地取出来摆在桌子上，轻轻打开。齐光禄只见寒光一闪，一阵凉风穿心而过。那把刀便顺在坠子手里。坠子放在眼前看了半天，双手捧着递给齐光禄。齐光禄接过来细细地看了，暗暗叫绝，真是一把好刀！青脊白肚，背厚刃薄，像一条鳞光闪闪的青鱼。在刀柄与刀身的结合处，刻着两行非常不起眼的小字：关孙六。大日本明治二十七年制。

六

那天我们去天中镇并没有遇到什么麻烦。为了防止意外，开始我们没到镇子里去，而是沿着河堤，一直走到与县城对面的码头上。镇上的书记镇长已经接到通知，带着一干人在河堤上列队迎接我们。简单寒暄几句，我们顺着河堤上的一条小路往下走。我从来没这么近距离地走近过这条河，来到河边我才发现，从这边看县城，简直是近在咫尺，好像伸手就可以碰到对面河岸的柳叶。

河边是一个两岸人员来往摆渡用的小码头。离码头不远，几个船工模样的人围着一个用砖头水泥垒起来的小桌坐在河边喝茶。看见我们过来，他们只拿眼睛斜楞着，没有一个人站起来。我回头问镇上的书记："在这里干几年了？"书记说："过来快半年了，"——怪不得老百姓都不认识他——他说着看了一下赵伟中，迟疑了一下，又补充说，"谁在这个镇子上干，也不会超过两年。"我问："为什么？"书记笑了一下，说："地球人都知道为什么。赵县长，很快您就知道为什么了。"

听他那语气，我心里咯噔一下，莫非又是因为齐光禄？

看完现场，我们正准备往回走。刘师傅问那几个人："坠子他小老婆现在干吗呢？"其中一个面皮青黑的中年人说："不还是该干吗干吗！"又反问道，"你认识坠子他老婆啊？"刘师傅走过去，给他们每人散了一支烟，说："不认识牛大坠子的老婆，不是在这里白混了吗？"一群人听罢此言，你看看我，我看看你。我觉得似乎刘师傅这话说得不是很合适，空气有点儿紧张。一个人问刘师傅："你们是政府的吧？"刘师傅未置可否。那人又道："别看了，赶紧回去吧！我还没结婚，你们就在这看来看去。现在我儿子都结婚了，你们连一块砖头都没埋下。"刘师傅跟他玩笑道："吸人家的嘴短！你再乱说我让你赔我烟！"大伙儿一阵哄堂大笑。我感觉到现场情绪明显松动了很多。

晚上，我们在镇政府吃饭。赵伟中特别安排不在外面吃，就在他们的机关小食堂里。饭菜很有特色，都是当地土里刨的、河里捞的特产。开始大家都还很拘谨，按套路敬酒。酒过三巡，我站了起来，先用茶杯倒了一杯酒，准备一口干了。赵伟中见状赶紧夺过去，说："赵县长，您这是办我的难堪！下面这酒要怎么喝，您只管吩咐就是了！"

我说："我吩咐算吗？算了，我还是喝了吧！不然我这个挂职副县长，说什么都没人听！"我话音刚落地，赵伟中仰脖子把一茶杯酒喝了。书记镇长也赶忙站起来，学他的样子，一人喝了一茶杯。三个人都拿眼看着我，也不说话。我拿过杯子，又倒了三分之一，说："这是我这一辈子第一次喝这么多，我相信也是最后一次喝这么多。不管我在这里，还是离开，我仅仅是女作家赵芫，而不是一个副县长或者其他什么。如果你们觉得我还像那么回事儿，今天咱们就放开喝酒，放开说话。我希望好好听听你们天中镇，听听牛大坠子，听听齐光禄和牛光荣！"

"好好好！"他们一边说一边每人又倒了一杯喝下去。谁知几杯酒下肚，话都多得控制不住，七嘴八舌地胡乱插话，一会儿就搅和成了一锅粥。我的头也晕得像坐海轮，忍无可忍地坐在那里，到末了也没听明白他们说的什么。

七

坠子被解职之后，在家待了有半年多时间，一直等到光荣从医院接了回来。说是痊愈了，其实只是保住一条命，根本没有得到很好治疗。刚回来那一段时间，跟个傻子差不多，既认不清人，也说不成话。养了一段时间，虽然有了很大改善，但跟正常人还不一样。说话非常不清楚，还经常不自觉地流口水。自己坐在那里，总是忍不住笑。问她以前的事情，婚礼之前一直到闹洞房她都记得清清楚楚。可是自那之后，包括现在的很多事情，她有的能记得，有的一点儿都记不得。不过，从外表看起来她还跟个正常人差不多，依然那么漂亮，而且家里的活计一点儿都不少干。

坠子新娶的小老婆经过这两件事，倒也安分平和了不少，对待光荣也不似过去那般刻薄了，有时候看见光荣忙不过来或者有什么不方便，她也主动上前帮忙。仔细说来，过去两人掐架也不光是后妈的责任，按她自己的说法，她有追求幸福的权利。这话也不无道理，平心而论，她只是跟追求自己的男人结婚，何罪之有？

饭店开不成了，坠子老婆在家休息了一段时间，又捡起了自己的老本行，帮人家推销报纸杂志办公用品，每个月都有进项贴补家用。倒是坠子干了这几年经理，心大了，野了，手也软了，再也捏不住刀把勺子柄了。光荣回家，他就开始跟着开饭店时结交的一个大老板跑业务。据说这个大老板很有后台，在北京凯宾斯基饭店包了一层楼，全国各地都有分公司。谁也说不清楚坠子到底跑的是什么，但见他每天进进出出，西装革履，掂着一个黑亮的大提包，忙得连喘气的工夫都没有。那时候物资短缺，而且每个机关单位都要办企业，所以皮包公司满天飞。江湖上都传说他根子硬，门路广，见过大世面，按当地的话说"是吃过大盘荆芥的人"。而他也从不隐讳自己的能耐，手里不是有一百吨钢材，就是有海关处理的走私电视机，"都是人家小日本国内生产的，塑料纸都没揭掉，"他对追在屁股后面的人说。生意做没做成没人说得清楚，反正看他的身材，肯定是每天都落个肚儿圆，还常常车接车送，前呼后拥，煞是风光。

后来，各地政府都有了招商引资任务，他按照大老板的安排，摇身一变成了外商投资的代理人。大项目多得没办法，眼睁睁看着他把皮包磨坏了好几个。皮包里除了合同、委托书，还有他跟各地领导的合影。最高级别的领导是某个省的党外副省长，据说这个副省长的父亲是黄埔军校四期的高才生，和林彪刘志丹他们同是老三连的同学。"我们都是名门之后啊！"他拉着党外副省长的手这样说的时候，眼圈有点儿湿润，但也不全是装出来的，"要是你在沿海当省长分管招商引资，我可以帮你办成一件大事。遗憾！真是遗憾！——"他一边摇着头，一边从提包里掏出一沓子花花绿绿的文件，是旅欧黄埔同学会的投资委托书，"他们想搞一个海水淡化项目，建成之后可以从根本上解决华北地区的缺水问题。可惜咱们这里是内陆，不靠海，我也帮不了您这个大忙！"

坊间关于坠子类似的传说很多。还有人造谣说，坠子事先知道副省长接见后，专门查阅了副省长的出身，然后自己去打印了这份委托书。但是，这样的说法明显缺乏其他证据支持，不足采信。况且还有那么大一个后台，一个副省长算什么呢？

全国各地招商引资的虚热症冷下去之后，坠子的门庭也冷落了一段时间。后来大老板又为他开辟了新的生财之道，但是已经不面对政府，而是面对企业和个人了——不是承包了一段高速公路，就是发现了一个稀土矿，现在只缺前期启动资金了。有一次，他喝得醉醺醺的，来找睡在肉铺子里的齐光禄。他坐在齐光禄的床头，从提包里掏出一沓子夹杂各种文字的复印材料，说是一份非常非常重要的合同。他的大老板，全家已经移民加拿大了，记念着与坠子的老交情，专门从国外回来找他，想帮助他先富起来。大老板与美国波音公司签订了五百套生产机舱门的供货协议，现在就差三万元启动资金了。坠子想让齐光禄"帮忙垫一脚，先登上去再说"。

"不管是机舱门还是机枪门，看在你过去看得起我的分儿上，这只三万块钱的脚，我先给你垫上，"齐光禄披衣坐在床上，上半身靠着墙，肋骨一根根地起伏着，"可是，你拿什么担保呢？"

"光荣嘛！"坠子知道齐光禄痒在什么地方，他心里燃着一把贼亮的火，眼珠油汪汪地转动着，"我拿光荣担保可以吧？"

齐光禄一脚把被子、合同和提包蹬到地上，跳下床来，一只手提着快滑脱的大裤衩子，一只手点着牛大坠子说："你们家就光荣还值点儿钱！"

八

县城通往天中镇的新大桥开工并没有依惯例举行典礼，施工队悄悄进入了工地。县政府专门成立了一个"大桥建设指挥部"，我任指挥长，县公安局一名分管治安的副局长任副指挥长。后来我才弄明白，这样安排是为了好临时调动警力应付突发事件。用"突发事件"这个词，听起来怪瘆人的，其实就是指群众上访、围堵县领导、阻挠施工什么的。

在县政府常务会议上，当讨论到我这个项目时，除了主持会议的县长讲了几句话，其他没一个人发言。按理说这是一个重点项目，既关乎群众的切身利益，又有非常大的投资，应该由一个有实权的副县长当指挥长。可是在会议上，没一个副县长主动揽这个活儿。县长问，这个项目怎么办？怎么办？大家的目光唰的一下都打在我身上，好像这个项目是我认领的一个孤儿，就该我负责。我看了一圈没人表态，便说，这个指挥长我来担任！好好好！一圈人用侥幸的、因为卸下担子而松了一口气的态度看着我。

会议结束后，我刚回到自己的办公室坐下，副主任赵伟中就跟着过来了。我问他："天中镇的事情到底有多大麻烦，大家都这么回避它？"他说："多大麻烦啊？都是吓怕了！赵县，别看您平时不吭气，关键时候真能拿出来！不过，"他拉了一把凳子坐到我对面，"您来干这个事情，未必是坏事。其一，您是女同志，人家老百姓也不会真去为难您。这里虽然民风彪悍，但是不跟女同志较劲儿。其二，您是下来挂职的，能干则干，不能干则走，谁能怎么您啊？其三，最危险的地方，其实最安全……""好了！我脑子里哪会有这么多弯儿？我问的不是这个，我问的是，这个天中镇，还有这个齐光禄什么的，到底有多大问题在里面？"

"我跟您说说有多大问题吧！"他拿起我面前的记事簿，用笔在上面划拉着，"我光说结果吧，您看看麻不麻烦？因为这件事，撤了公安局的局长、政委，一名派出所所长被双开后，又被当事人砍了五十多刀，剁成一堆排骨，死了！两名警察被免职，一直挂到现在，还没给人家个说法。这还不算，还有呢！县政府先后有五位分管信访的副县长受到了行政处分。到现在为止，这个案件还是国家信访局专门督办的重点案件。"

"这案件跟副县长有什么关系？"我问他。

"您来这么久了，这个您应该知道啊！"他对我问这个问题非常吃惊，"您没看，分管安全和信访的副县长都是一年一轮换。谁管这项工作的时候，只要下面出了问题，分管领导都要负连带责任，跟着受处理。您比如吧，前年，安徽省的一辆客车和湖北省的一辆货车在咱们县境内撞上了，死了十几个人。您说这事儿跟咱们县有什么关系啊？到末了，不是还要处理咱们的县领导？郑副县长背了个处分。对了，那天天中镇的书记说，没有一个书记在这个镇干足过两年，也是这个道理——害怕群众上访，受牵连！"

我好像有点儿明白，但也不是真正明白。

下午，我既没带赵伟中，也没带秘书，让刘师傅开车去了工地。到了工地上才发现，那里秩序非常正常。工人们正在整理场地，搭建帐篷，各种机械设备也正在忙碌着。几个船工还在那儿喝茶，看见刘师傅过来，他们老远就打招呼，喊着政府政府，过来喝碗茶！

没等刘师傅搭腔，我径直快步走过去。到了他们跟前，便像背书似的主动自我介绍说，我叫赵芫，是个作家，其实也就是个讲故事的。省里把我下派到这个县挂职当副县长。现在我又有了一个新职务，是建设咱们这个大桥的指挥长。今后我要经常来这里。不过我也是边学边干，有什么不懂的地方，希望大家多指点！

我双手合十，向他们鞠了一躬。

他们几个一下愣了，呆呆地看着我，忽然都站了起来。一个老者说："赵县长，坐坐坐！您的事儿我们都听说了，这座桥就是您跑下来的！修桥铺路可是积德行善的事儿，咱们老百姓什么时候都不会忘了您！"

我坐了下来，这才发现两条腿都是哆嗦的。其实从下车的那一刻起，心里就紧张得要命，害怕遇到"突发事件"。这么一段时间以来，周围人营造的紧张气氛紧紧地压迫着我。刚才的镇定都是装出来的，现在更是感觉到虚脱得厉害。我把他们都让坐下，转身跟刘师傅要了一盒烟，一边在心里数着一二三四让自己平静下来，一边控制着发抖的手把烟盒打开给他们分烟。其实我发现他们比我还紧张，也许不是紧张，是过分吃惊吧。看着我递给他们的烟，他们把手心手背在衣服上反复擦了好几遍，才伸着粗糙的双手接烟，并用羊一样潮湿而温良的眼睛歉疚地看着我。那时候，我觉得自己分裂成为两个人，一个忧虑万端地坐在他们中间，像一个被缚的飞蛾，在投入与逃脱之间痛苦地挣扎。一个脱身而出，站在我身边——不仅仅站在河边，而且是站在心灵的深处——静静地打量着我。说不上来什么原因，我有一种越来越委屈，也越来越别扭的感觉，真想痛痛快快地放声一大哭。

九

牛大坠子红火的时候，尽管牛光荣落个那样的结局，齐光禄也没敢打过她的主意。在这个县城里，毕竟他只是个做小生意的外地人，手里没几个钱，背后也没什么人，而且还是个残废。坠子家道中落以后，他托了一个人让他说合说合他和光荣的事。这人先是找到坠子。坠子倒是一点儿都没犹豫，二话没说就点头同意了。可是说给光荣的时候，她只是摇头，也不吭气，一副决然的样子。

现在，她同不同意，已经无关大局了。只要坠子同意，只要坠子接了他的钱，什么事儿都得他齐光禄说了算。齐光禄恨恨地想。

　　要说他的恨也没有来由，不管他对牛大坠子怎么样，人家牛光荣也不欠他什么。况且这婚姻大事本来就是你情我愿，无论如何也勉强不得。可他不这样认为，他觉得牛光荣压根就看不起他。他把钱给了坠子没几天，就去找牛光荣。牛光荣见他进来，转身进里屋把门给锁了，把他撇在客厅里，走也不是，留也不是。牛光荣的弟弟坐在一个角落里抄写着什么，扭头看看他，连个招呼都没打。这孩子已经长成个大人了，一点儿礼貌都没有。他站了一会儿，觉得没趣极了，摔上门就出来了。

　　妈的！我是个残废，你不也是个残废嘛！还跟我穷装什么大头蒜哪！他站在楼下，看着楼上，羞愤交加。

　　又过了几天，他趁坠子没外出，买了三张戏票交给坠子，是省坠子戏剧团的拿手戏《双玉簪》。坠子知道他的意思，晚上好说歹说把老婆儿子拉出去海吃了一顿，然后带着他们去看戏，撇下光荣在家里看家。夜幕降临，家家户户边看新闻边吃晚饭，正是热闹的时候。齐光禄敲开牛光荣的门，这次没给她躲开的机会，像老鹰抓小鸡一样把她摁倒在地，然后提溜到光荣的床上，剥光了她的衣服。他翻身压在牛光荣白花花的身上，定睛一看光荣的身子下边，心里不禁一阵发酸。床上的被子还是结婚时他送给她的那床鸭绒被。不管对她有多大恼怒，这样欺负她，是有点儿过头了。但是，他只是迟疑了半秒钟，一种更野的想法霸占了他：如果这时候不做一回男人，他将永远不会是男人了！

　　很快两人就成了婚。本来齐光禄想办个婚礼，坠子也同意，但牛光荣死活不同意。最后，两家人在一起不冷不热地吃了顿饭，就算结婚了。

齐光禄婚后没地方去，就住在牛光荣家。日子虽然平淡，过得倒也扎实。光荣在家洗衣做饭，齐光禄天天还是去市场上卖肉。据说这个市场很快就要搬迁了，县里创建文明城市，所有的马路市场要一律取缔。城东边新建的菜市场开张以后，这边的生意明显不行了，有时候两天还卖不完一头猪。齐光禄也正打算搬到新市场去。

有一次他早早收摊回来，看见牛光荣和弟弟一丝不挂地躺在床上。他和光荣，两个人都不意外，也没吃惊，只是互相看了看。他退回到客厅里坐下，招呼他们两个穿好衣服过来。他们过来后，齐光禄平静地说："牛光荣，我知道你忘不了那个男人，也知道你是想方设法报复我。所有这一切，我都一清二楚！但是，如果你还有一点儿记忆力的话，你弟弟也不是你这一段时间找的唯一一个男人，"他递给弟弟一支烟。弟弟看了看他，哆哆嗦嗦接了过去。他打着火给他点上，然后自己点着："这些，我都可以不管。但是，我跟你撂明白了，为了你爹，也为了你，当然也为了我，希望你老老实实给我生一个儿子。这是我唯一的要求！我们家几代单传，不能到我这里断了香火！否则——"他把烟在桌子上摁灭，手按在烟蒂上一直没松开，直到闻到一股桌布被烧焦的臭味，"你可别说我不君子！我相信你也听说过东北人的脾性，而且还是个曾经造过武器弹药的东北人！"

光荣听了这番话愣住了，盯着齐光禄的脸看了一会儿，眼泪突然流了出来。她已经记不得什么时候曾经哭过了。

这事过了没几天，齐光禄就把肉摊子搬进了新市场。他租了两个店面，签了十年期的合同。他有自己的打算，他不能让未来的儿子再这么穷下去。他要让儿子一生下来就有房子，有脸面。他得扩大经营规模，把生意一步一步做大。

牛光荣主动提出来，自己在家闲着没事，还不如跟着他出来打打下手。齐光禄迟疑了一下，说，把你弟弟也带上吧，这样我们就不用雇人了。

街坊邻居看到光荣的情形一天好似一天，话多了，说得也清楚了，有时候一天下楼好几趟，过去她很少出门。早上吃过饭，他们三个肩扛手提，一起往市场走去。光荣走在中间，齐光禄和弟弟一边一个。三个人边走边说，偶尔说点儿什么高兴事儿，光荣还会哧哧地笑个不停，肩膀抖得东倒西歪的。

十

那天我与几个船工师傅聊得甚是愉快。在他们的回忆里，沉没在岁月深处的某些东西慢慢显影了。那些影像虽然已经泛黄，模糊得像沉在水底，但已经被赋予了生命，在我心里慢慢鲜活起来。

他们嘴里的牛大坠子，是一个难得的好人。"像他这么好的富人已经绝种了，真是绝种了！"刚才跟我说话的那个老者摇着头对我说。我很吃惊，一般像他这样年龄的人，说话应该不会这么凌厉了："只要他有一口饭吃，就不会让我们饿肚子。他自己宁愿啃窝头，也得让乡亲吃饱。为什么这个镇子里出去这么多人，光将军就十几个，有的人门槛不管多高，从来都没人踩过？他家天天跟过年一样，都是咱镇里的人。有一次我孩子患绞肠痧，疼得受不了，半夜去找他。他披着衣服就领着我往医院跑，所有花费没让我掏一分。"

　　还有一个船工回忆了另外一件事，那时候坠子还没当老总，他为孩子分配的事情去找他。女儿大学毕业，想留在县城教书，托不到合适的人，最后找到了坠子。坠子说，你谁也别找了，就在家等信吧！不久女儿分到了县直二中。"后来听他们说，最少得花一个数，"他在我面前晃动着伸不直的食指，"您想想，那时候一个数值现在多少？我就是把全身零件都拆下卖完，也不值这个数！所以现在每到清明，我先去给他烧炷香，再去祭拜父母。人不能忘恩！"

　　有人对齐光禄的评价很有意思，"是个汉子，就是太拗，他认准的事儿，你就别想扳过来。不过，咱得承认出手太重了！把人撂倒正好，仇也报了，气也消了，两不找，您看多合适是不是？嘻！这个倔种，何必再砍那么多刀？明明是咱们有理的事儿，这几十刀剁下去，让人家看起来好像咱们就是杀人不眨眼。你这样，人家判的时候，咱们就吃大亏了不是？"——话说得好像跟齐光禄是同案似的。

　　有人附和道："赵县长，您得评评这理儿。虽然国家大法说杀人抵命，但也得考虑齐家的情况不是？齐光禄他爹的尸骨都找不到了，他又是单传，没有个后代，把他枪毙了不是让人家齐家断后吗？"

　　我们第一次来见到的那个黑青脸汉子不同意他们的看法。他认为："那个派出所所长，杀他一百次都不亏。他干的就不是人事儿！光荣那闺女，见人不笑不说话，很知道跟老家人亲。他说毁就给毁了？咱三千多口天中镇人会答应不？"

　　趁他去旁边提开水瓶，有人小声提醒我说，他儿子因为赌博，抓进去过好几次。

我想引导他们回忆一下，牛光荣没进城的时候在老家是什么样子。我总觉得在周围人的陈述里，她的形象是那么稀薄，像个符号，连喜怒哀乐都那么不真实。

他们只是说这个闺女好，真是太好了，但是连一件具体事也说不上来。她不大跟别的孩子玩儿。在学校也没听说成绩有多好。"她娘很厉害，除了上学，就不让孩子出门。打孩子手也狠，有时候满街筒子撵着打她。平时这孩子看见人就躲老远。"

我想想，他们刚说了牛光荣见人不笑不说话，怎么又这样躲着人？忍不住想提醒他们，后来看看大家都没在意，就算了。已经过去那么多年了，有些细节哪能记那么准？不过我又非常纠结，整个事件不都是靠细节串联起来的吗？

"光荣这个弟弟是个好样的，跟光荣比亲弟弟都亲！"一个船工说，"光荣她两口子出事之后，他弟弟带着母亲回咱们镇上就住下不走了。他在十字街口当街跪下，说，从今往后，我生是天中的人，死是天中的鬼！要是不给姐姐姐夫报仇，大家就把我当成个畜生踩成肉泥，扔河里喂鳖！就这一点，我看比坠子还有血性！人家一个七不沾八不连的外人都这样对待坠子一家人，您说我们不跟着他们去讨个说法，还是天中的人吗？"

我想象着那个情景，在蒙蒙细雨里，一个单薄而苍白的少年跪在十字街头，紧握双拳，心里默念着为亲人复仇。简直就是美国西部片的一个经典桥段。

他们几乎异口同声地说，老百姓之所以闹事，是政府处理这个事件太没道理。不公平，也不能服众。当初公安上抓牛光荣，逼迫她要么承认齐光禄强奸她，要么承认她自己卖淫，必须二选一。最后光荣忍辱承认自己是卖淫，被劳教了小半年。这边光荣才出来，那边齐光禄又被抓进去了。公安上怎么能出尔反尔？听说后来的那个公安局长，跟齐光禄杀的所长是老朋友了。这不明显是报复老百姓吗？光荣除了以死相拼，还有什么活路？我们不去跟着上访，把这老理儿给捋直了，还靠什么报答人家坠子？

<h1 style="text-align:center">十一</h1>

　　齐光禄他们的店面位置并不是很好，处于菜市场中间部位。新建的市场横穿半个城区，从东到西走一趟差不多要半个小时时间，所以除了闲得没事干的人，很少有买菜的到中间这个位置来。好在齐光禄有这么多年的销售经验，知道薄利多销，酒香不怕巷子深的道理，卖出的猪肉质量高，价钱也公道，生意还能勉强维持下去。而他两边的商户，有的关门，有的则改成加工作坊了。

　　后来发生的一件事既改变了他的生意，也改变了他的人生。县政府基于创建卫生城市的需要，决定对老城棚户区进行改造，这样就需要开出一条新路纵穿市场。齐光禄的店面正位于新开出的道路旁边，临着两条大街，从鸡肋变成了寸土寸金的黄金地段。

　　果然，道路打通以后，他们的生意好得不得了。牛大坠子听说之后，还带着光荣的后妈专门来看了一趟。坠子背着手，边看边点头，他看见肉案上是一把普通刀，问齐光禄："怎么用这么小的刀！我给你的那把大刀呢？"齐光禄说："大猪用大刀，小猪用小刀。现在还没碰见那么大猪。"坠子哈哈笑了，说，操练操练，我看你手段如何？齐光禄扛过来半扇猪平在案子上，横着五刀，竖着三刀，一十五块猪肉码在案子上甚是齐整。"好！"坠子左右挥着肉乎乎的大手，"今后啊，你们以这个为根据地，可以搞几家连锁店。一旦成气候了，咱就建设自己的肉联厂、养猪场、冷冻厂。至于投资嘛……"后妈打断他的话，说，这么好的位置光卖猪肉真是太可惜了，建议他们增加牛羊肉，再搞深加工，做一些熟食，腊制品和肉馅儿之类的产品，也可以附带卖一些煮肉的大料，调味品之类，这样人家来的时候就不止买一样东西。既方便了顾客，也扩大了经营。

坠子说，就是！我就是这个意思嘛！

于是他们又雇了两个人，专门负责进货和加工熟食制品。齐光禄和弟弟在店内各负责一头。光荣负责收银，打理铺面。两间小店收拾得干干净净，温温馨馨，很有居家的感觉。光荣把生、熟、腊制品分成一个个大格子，像公用电话隔间那样隔开，一来看着好看，二来也方便顾客拣选，互不影响。两间房子的结合处是一根支撑梁，光荣让弟弟靠着梁柱摆了一个小茶几，两边摆了几把小凳子。茶几上摆着应时的茶饮，夏天是甘草二花，清凉解暑。冬天是枸杞黄芪，补气去浊。街坊邻居的大叔大婶买了菜，可以坐下来歇歇腿脚，聊会儿大天。还有些耐不住寂寞的老人，专门到这里来找人摆龙门阵，一坐就是大半天，外人看起来这里一天到晚都是热热闹闹的。这里还是保姆们接头的地方，一说到哪里碰头，便说十字街肉店。有的保姆想办点儿私事，也会把孩子托付给光荣。

光荣已经基本痊愈了，这一两年的时间里她的病没再复发过。说话没障碍了，现在还喜欢上了唱歌。柜台里摆着一个小音响，一天到晚播放着流行歌曲。有什么新歌，那些保姆们会主动给她送过来。顾客少的时候，她们还会叽叽喳喳跟着唱一阵子。有一次，一家企业为了宣传自己的产品，在老体育场搞了一次卡拉OK大赛。光荣在弟弟的撺掇下，斗胆上去唱了一出。虽然没有获奖，还是让她兴奋了好长一段时间。

那天傍晚，他们正准备收拾东西打烊，一个戴金丝边眼镜的白面书生走了过来。他一脚门里，一脚门外就开始问："谁是当家的？"齐光禄赶紧迎上去让座，递烟倒茶。那人先低头看了看凳子，然后又上上下下把齐光禄看了个遍，并没坐下来。他从兜里掏出一张名片递给齐光禄，哑着嗓子低声说："小事儿，站着就说完了——这是我的名片。"齐光禄接过来看了，是县天宇电脑公司的经理，叫张鹤天。齐光禄一脸迷茫地看着张经理，他们的生意跟电脑怎么都扯不上关系。张经理见他诧异，用中指推了推鼻梁上的眼镜，还是压低声音不紧不慢地说："是这样的，电脑生意我做烦了，想改一下行。看你这里生意不错，你开个价，我想把这个铺子盘下来。"

齐光禄的迷茫变成了惊愕，他张着嘴半天合不上，扭头看了一下光荣和弟弟。他们两个还在埋头收拾柜台里的东西，没听见他们在说什么。他又扭头看了一下大街上。街上车水马龙，市声喧嚣，丝毫没受他们谈话的影响。齐光禄下意识地咽了一口唾沫，说："我可是签了十年的合同……"白面书生没等他说完，提高声音说："合同是人签的，人也可以废！这事儿就这样吧，我还有事！一星期后我来接房子！"说罢扬长而去。

后面这句话光荣和弟弟听到了，他们停下手里的活儿，疑惑地看着齐光禄，不知道刚才发生了什么。

十二

天中县的县域图看起来非常有意思，像个顽皮的孩子，细长的身子弯曲着，头插在淮河里，顶着安徽。脚踩着大别山，蹬着湖北。屁股坐在平原上，拱着河南。不过，可不能小看她怀抱着的三条大河，条条都有说不完的故事，开国将军有一小半都是从这里蹚水杀出去的——这里是著名的鄂豫皖红色根据地，过去属于古中原的版图，人民一直到现在还保守着我远古先民的遗风，性情彪悍，宁折不弯，认准的道儿一直走到黑，到死都不会改辙儿。据说周围几个县的暴力犯罪案件，按人口比例算，在全国都是最高的。这里的人性情暴烈，风景却是非常柔美，天蓝水清，一年至少有三百六十六天空气质量可以达到优良。

头天晚上学弟给我打电话，说要过来看看项目进展情况。我说，看项目是假，看风景是真吧？他笑了。我又说，不管别的项目是真是假，你姐可是从来不含糊的。然后，我问他过来之后怎么安排。他说："公事公办，私事私办。我这一条小命喝醉之前交给党，喝醉之后交给我姐你。既然你说看风景，那我也不能枉担这个罪名。"

听说他过来了，书记县长都放下所有的工作陪他。虽然学弟职务不高，只是一个小小的副处长，但他是具体负责项目的，所以下面的人都很抬举。

说是看项目，其实大家都明白是怎么回事。基层对上面检查都有一套应对的程序，也知道所有的检查都是准备的时间长，看的时间短，只要把面子活做好看就行了。这个项目我专门安排赵伟中不能搞形式，是什么样就什么样。可书记县长知道后，连夜让办公室发了通知，要求提前把工地整理好，插上彩旗标语，看起来要热火朝天。

学弟过来后，我们一群人浩浩荡荡地从县城这边上了河堤，看了不到十分钟就下来了。学弟很满意。书记县长用赞许的眼光看着我，松了一口气。这么大一个工程，他们俩都是第一次来现场。

中午四大班子一把手全部出动宴请学弟。他喝了不少酒，但是看起来还很清醒。程序走完，时间也差不多了。他开始踩刹车，说，今天的公事到此为止，剩下的时间由我姐安排，你们都不要管了！

下午我安排学弟上大别山喝茶。那里远离尘嚣，是个说话休息的好地方，也知道他疲累的身心需要充充电。出了县城往南不远便是山区，我只带了秘书和司机，没让赵伟中跟着，主要是顾忌他的小聪明会让学弟嘲笑。学弟也只带了一个司机，路上他坐我的车，让司机在后面跟着。走到山脚下，发现还有一辆车等着我们。学弟说，站在车旁的人是在邻县挂职当副县长的一个校友，叫周友邦。我想起来了，刚下来挂职的时候，曾经与他通过几次电话，但是没见过面。

上得山来，心情大好。大别山绝对是一个天然氧吧，周围几个县都是国家级贫困县。县里没什么工业，所以也没有污染。这些年山上种茶，老百姓刚刚过上了好日子。县政府在山上建了一座宾馆，条件达到四星级，专门用来接待上面的领导。

坐在山顶茶室，举目四望，可以看到鄂豫皖三个省的地界。斜阳夕照，山下红顶白墙的农舍历历在目，一时间似有恍若隔世之感。我们喝茶聊天，信马由缰。在省城的时候我就很喜欢这个学弟，他知分寸，懂进退，敏感和聪慧好像是与生俱来的，不管大小场合都能应付得滴水不漏，而且从来不让人感觉到不舒服。他有时世故得令人不可思议，据说有一次他们单位搞年终测评，一百八十多号人，有他一张反对票。他硬是用了半年多时间，把这个人筛出来，两人后来成为朋友。然而他又很善良，对下面跑项目的人不但从来不刁难，而且想尽办法帮人家把事弄成。但他也相当圆滑，有一个县的书记好大喜功，给了他几个项目，都做得不伦不类。后来他再来要项目，学弟把项目库的大门关得严丝合缝，一个都不给。不过，每次他走的时候，学弟总是亲自下楼把他送到车上，握着手不松开。书记说，处长，你只要一握我的手，我就知道这事儿又黄了。今年你已经跟我握八次手了，我连项目毛都没看见！

学弟在车旁点头赔不是，说，下次再说！下次再说！

喝茶的时候，我和周友邦一屉一斗地抖搂他这些糗事。他只是抿着嘴笑，并不答言。后来说着说着，我怎么不自觉地扯到了牛大坠子一家人身上。可能最近一个时期这些事情一直在纠缠我，让我脱不开身。前几天我还做了一个梦，梦见我带着牛光荣去看病。飞机开始说去上海，怎么走着走着又说去新加坡。在穿越马六甲的时候，遇到了强大的气流。飞机掉头往下落，好像有一股力量拽着。我听见有人高喊着下去了下去了！扭头一看，不见了牛光荣，我吓得出了一身冷汗。

我的故事还没怎么开始，周友邦就说："你说这个事情我也知道，据说那一家人很不好惹。到现在你们县屁股还没擦干净，每次市里开信访稳定会，总是点名批评你们。""这家人不好惹？"在县里，从来还没人这样说过，"怎么个不好惹法？""据说这家人，父亲是个骗子，还是当地一霸。听说有一次差点儿把县政府的宾馆给点了。女儿女婿谁也不管谁，都在外面瞎胡混。只是可惜了被杀的那个派出所所长，死得有点儿太冤枉了！"我很惊诧，学弟好像知道得比我还详细，"说实话，我们也常常在一起议论，因为这个案件处理的几个干警和县领导，不合理。反正只要老百姓闹事，不管他们有没有理，先把我们的干部处理了，把群众的情绪压下去再说！没下来挂职之前，我还真不知道基层干部这么苦、这么难！"

不知道这是我听说的第几个版本了，但我认为是最不靠谱的一个。我问他是从哪里听来的。他说："我们县有好几个干部，是这个派出所所长的同学，对他的评价都相当高。每当他的忌日，同学都去看望他父母和留下的一个女儿。对了，你们县当时处理的那个公安局长，就是从我们县调过去的。他也是个人才，可惜了！"

"你这是道听途说，不了解真实的案情，"我蛮有把握地说，其实说完就知道自己用词不当，难道我的信息不也是道听途说？"你真不知道这一家人有多可怜！"

"那是！那是！"周友邦摇晃着杯子，看着杯中的茶叶在水中翻滚，"听来的东西毕竟不是很可靠，何况是很多年前的事情了。"

"姐啊，"学弟插话道，"你是一个小说家，而且过去的作品也都喜欢同情弱者，总认为弱者必对，强者必错。难道你忘了'可怜之人必有可恨之处'这句老话吗？你弟我——"他点着茶几，笑着看着我，"对下面的人来说是个爷，对上面的人来说是个孙子。你说我是强者还是弱者？该同情还是该批判啊？"

"也不是同情谁，"嘴里虽然犟着，心里还是有点儿虚。最近有几个评论家确实指出我这个缺点，"总要有人替他们说话吧？"

"这是两码事。就像我们上山喝茶，我们是奔着茶叶来的，可是喝到最后，把茶叶都扔掉了，因为茶叶不过是一个形式。我觉得——当然了，我这是顺嘴胡说，你别介意啊姐——一个小说家要有穿越情绪的能力，要找到苦涩背后真正的味道。是不是，姐？"

十三

在中国的社会结构中，县城是一个非常独立的单元。往下说，乡镇的人少而稀疏，很难形成一个共同的生活群体。往上说，省市的人多而分散，串联在一起也很难。唯独县城不一样，县城的人上下层层叠叠，左右盘根错节，牵一发而动全身。比如办公室副主任赵伟中，他是政协副主席的女婿，他妹子是人大常委会主任的媳妇，妹子的小叔子娶的是组织部长的小姨子……我相信，如果这样深挖下去，估计小半个县城都能拢在一起。

然而，这种盘根错节的关系，总会把一部分人排除在外。这些被排除在外的人，像碎屑一样散落在县城各种各样的罅隙里，成为这个区域灰色调的一部分。对于这些人而言，县城不管多小，都算是大得无边无际。齐光禄和牛光荣他们的感觉就是如此，他们认识的人很少，认识的事也很少，既没亲戚也没朋友。要说一个卖肉的，并不需要这样的关系。可那是没摊上事，如果摊上事，尤其是摊上大事就很不一样了。

天宇电脑公司的张鹤天来过没几天，又过来一个年轻人。这人戴着黑框眼镜，打一条红得像西瓜瓤一样的领带，看起来像个账房先生。他过来直接点名找齐光禄说话。齐光禄把他让坐在门口的小茶几边，赶紧把烟掏出来让过去。那人接过烟放在茶几上，从包里掏出一沓纸看了看，又放回了包里。他把包放在眼前，两只手交叠着压住，问齐光禄道："今天什么日子你知道吗？"齐光禄说："天天睁开眼就是卖肉，哪看过日子？"那人说："整整一个星期了，张总说的事情你考虑好没有？"齐光禄明白了此人来意，想了一下说："没考虑。这店我们不转让。"那人把两只手放在包上，交替着用力地握来握去，干咳着一声，提高了嗓门问道："真的？"齐光禄笑了笑，眼皮都没抬，自己把烟点着，也没再让他。那人握了一阵子手，点着头说："转让不转让，估计你说了不算！""那谁说了算？"齐光禄把烟屁股捏在手里来回转着，吐着烟圈。那人并不答话，把包拿在手里，瞪了齐光禄一眼，出去了。

出了门口，齐光禄听到他低声嘟囔了一句，真不识抬举！齐光禄把吸剩下的烟蒂吐到门口，用脚踩灭，回到店里继续干活。

那人没走多久，房主就找上门来了。平时齐光禄和房主的关系不错，这人过去是开烟酒店的，赚了些钱，买了这几间门面房。他是个老实人，齐光禄有时房租一时不凑手，他从来没催促过。这次过来看见齐光禄，他现出一脸的为难。没待他开口，齐光禄心里已经明白了。齐光禄说："刘大哥，到底怎么回事？"房主看看周围没人，俯在他耳边低声说道："你知道要这个房子的是谁吗？""谁？"齐光禄问。"城关派出所所长的小舅子，原来也在公安上干，因为喝酒伤人被开除了。这人百事不成，就是能混。他姐嫁给所长后，他现在成了县城的一霸，没人敢惹……"房主往外扫了一眼，突然恼怒地抬高声音，说：

"这事就这样定了！你同意也好，不同意也好，反正月底前我是要用房子！"

齐光禄扭头看去，发现刚才那人在马路对面站着，一只手支在下巴颏儿上，正盯着他们两个看。他一把把房主推出门外，指着他高声骂道："你别他妈的狗眼看人低！我一没伤你的房子，二不欠你的租金，凭什么说收就收走？我跟你说，除非把我们三个劈碎当柴烧了，否则谁也别想从我手里把房子弄走！"

房主又怒气冲冲地跳到屋子里来，从怀里掏出一沓纸，拍到柜台上。光荣和弟弟也连忙从柜台里面跑了出来，站在齐光禄身后。齐光禄看到这沓子纸正是刚才那人拿出来的东西。"你老老实实规规矩矩把这个东西签了，咱们两清！否则，你走着瞧！"房主点着齐光禄的脑袋说。齐光禄低头看那纸上打印着"解除租赁合同书"几个黑体大字。趁齐光禄低头的当儿，房主捏了一下齐光禄的腿，小声说："兄弟，胳膊拧不过大腿，赶紧撤了算了！"齐光禄闻听此言，抓起合同摔在身后剁肉的案板上，拿起切肉刀顺手一刀砍过去。合同牢牢地钉在刀下，立即被案板上的血渗透了，像一道血淋淋的伤口。

随后的一个多月，再也没人来打扰他们。齐光禄觉得事情已经过去了，所以店里又添了几个卤菜新品种，还与一家做"西安白吉馍"的谈妥，在他店铺门口设一个专卖点。

出事那天晚上六点多，齐光禄他们正在家里吃饭。下午他们很早就收工了，这天是光荣的生日。齐光禄让弟弟专门去买了几个熟菜，定了个大蛋糕，用大红的盒子装着，还没切开。齐光禄给光荣倒了一杯橘汁，咬开一瓶老酒，跟弟弟两人一人一茶杯满上。正边说边喝热闹着，忽然听得有人敲门。打开门来，看见四个警察站在门外。打头的一个满脸胡楂的警察问："齐光禄牛光荣是住在这里吗?"齐光禄点头说："是。我就是齐光禄。"警察说:"你和牛光荣都出来,跟我们到派出所走一趟!"

下　部

十四

这些年,牛大坠子的日子说不上好,也说不上不好,反正有吃有喝,也没消停过。两口子各忙各的。坠子的活动区域主要围绕着北京附近,按他大老板的说法,那里是天子脚下,遍地都是钱,就看你会拣不会拣了。坠子老婆的活动区域主要在长江以南,那里中小企业多,老百姓也富庶,产品相对好销得多。两人逢年过节回来聚聚,也不互相打问对方的情况。反正坠子往家拿钱的时候少,往外拿钱的时候多。齐光禄私下里跟光荣弟弟开玩笑说,不知是他骗了人家还是人家骗了他,没见他富过,也没见他穷过。弟弟说,就他那心眼,跑个龙套还差不多。要搁事儿上,人家不把他零卖就算便宜他了!

要说现在的日子确实比以往好多了,也不需要他往家拿钱。齐光禄的店子兴旺,三个孩子意气风发,日子眼看着越来越往高坡上走。坠子心里暗自高兴,等过两年光荣生了孩子,再买一套房子,他就准备和老婆在家看孩子养老了。

不过,与过去背着提包到处跑的日子比起来,他还是明显看出来老了,说话的嗓门低了,走路也比过去慢了半拍。腿脚不行,往哪个地方坐下去,扑通一声,像扔一麻袋粮食。男怕穿靴，女怕戴帽，男人腿脚一不行，那就没几年好日子过了。

他这几年到底在外面干了些什么，光荣从来也没问过。从小到大，她跟父亲之间就没有说过正事。弟弟就更没法问，这个半路杀出来的爹，更多的时候就像个房客，他倒是像个房主。齐光禄本来就是个话寡的人，他觉得现在和坠子谈这些，跟伸手向他要钱差不多，所以也不主动提及。管他干什么？他只要自己高兴就得了。每次回来，齐光禄就知道劝他喝酒。有时候喝大了，坠子会主动说起自己在外面的"工作"。前几年，帮助南边的一个市政府跑核电厂项目。中国准备大力发展核电事业，电视上也多次说过。这个地方水多，山也多，就是人少，最适合发展核电——他用筷子在桌子上曲曲弯弯划拉着说。

但是这些事儿离一个卖猪肉的小民，毕竟是远了点儿。离他们最近的，还是眼下的酒肉。齐光禄只管为他夹菜让酒，偶尔想起他教他剁肉时的风光，禁不住有点儿黯然。人，掐头去尾没几年好活头，这是他爹活着的时候说的。他跟坠子在一起的时候，总是想起自己的爹。爹一辈子献身共和国的国防事业，到老了却死无葬身之地。军工厂没有墓地，从东北来的这些老工人，死后要么把骨灰寄回东北，要么就在军工厂后面的一块废地里埋了。他家世代单传，老家已经没什么人了，所以只能就地掩埋。大集体的时候，这块地三不管，所以也没出现过什么纠葛。后来分田到户，农民就和工厂争夺土地，三天两头把老工人的尸骨扒出来，扔得遍地都是。也不知道谁是谁的了，不是胳膊短了一块，就是腿少了一截，厂里也没人过问。

坠子说，从去年开始，他又帮助本地市政府跑一个水库项目。他对齐光禄说，这是他这一辈子最有意义的一件事，也是最靠谱的一件事。齐光禄并不当真，在他嘴里，哪一件事不是最靠谱的？他一直说，人这一辈子一定要干一件惊天动地的大事，谁见过？不过，为建水库这个事情，其间国家水利部还来过一个副司长，在县里住了好几天。坠子前后陪着他，忙得连回家看一眼的工夫都没有。

国庆节坠子回来，爷儿俩又坐在那里碰杯子。齐光禄问起这件事。坠子说，已经基本批下来了，咱们这里是淮河上游，连一座像样的水库都没有，只要周围下大雨，淮河非淹不可，这里就像个"洪水招待所"。现在连国家领导人都意识到这个问题的严重性了，这哪儿成？所以国家下决心要修水库了。"先给二十个亿，移民！"坠子把筷子颠倒过来，蘸了点儿酒在桌子上写了一个"2"，然后数着往后面添"0"。"二十亿！"齐光禄默默念叨着，心都是花的，不知道这二十个亿摞起来该有多高多宽，估计他们这套房子连卫生间算上都装不下。

水库移民没开始，他们家的"移民"却已经迫在眉睫了。那天，坠子收拾好东西正准备离开家，被金豫宾馆一个姓孙的老职工堵在家里。坠子干厨师的时候，这个老职工跟着他打过下手。后来坠子当了经理，让他当采买，还给了顶供应科长的帽子。两人交情不浅。

坠子把来人让进屋，倒了杯热茶，顺手把软盒中华烟拍在桌子上。来人倒也没客气，烟点上，茶饮上，便开门见山地把张鹤天要租齐光禄门面的事和盘托出。这是坠子第一次听说，齐光禄没跟他讲过。听完之后，他沉吟了半天，问："光禄是什么意见？"

来人说："要是他同意，我还麻烦您干吗？看您天天忙得脚不沾地，我怎么忍心打搅嘛！"

"你的意见呢？"

"牛经理，您啥时候见过茶盅大过茶壶？现在这世道儿，就比谁的腕子粗啊！"来人一口把中华烟吸进去半截，闭着嘴看着坠子，烟柱半天才像瀑布一样喷出来，隔着瀑布，坠子觉得他的目光越来越远，也越来越陌生，"如果有一点儿可能，牛经理，我胳膊肘会往外拐吗？"

坠子的眼光落在自己手背上，那上面布满了一块一块黑青色的老年斑。他想起齐光禄红红火火的肉铺，想起他过去的金豫宾馆，眼里心里蓦地塞满了打火机。坠子的眼睛有点儿热，他忍了忍，仰头说道："三弟，咱们俩打小就没划过地界儿，我知道你也不会刨我的台根子。但你也清楚我的难处，你看我这一辈子是怎么过来的？年轻的时候对不起爹娘，到了中年对不起老婆闺女。现在我老了。老了老了，除了落个死还能落下什么？所以，我不能再对不起女婿了，否则就没脸披一张人皮在世上混了！你说呢，孙科长？"

十五

下了楼，牛光荣才发现下面停了两辆车。她被塞进一辆白色警车，齐光禄被塞进一辆黑色囚车。齐光禄那辆车不知道开哪里了，她坐的车子直接开到了派出所。两个警察把她弄到一楼的值班室，只进行了简单讯问，便把她带到旁边的一个小房间。进去之后她发现房间里还套着个大铁笼子，她就被锁在铁笼子里。这是一间囚室。

等眼睛适应了周围的一切，她发现笼子里还有两个人蜷曲在一个角落里，不认真看还以为是两个包裹堆在那儿。那两人把头埋在胳膊窝里，头都没抬一下。光荣并不害怕，也没有多少紧张，只是觉得浑身冷，口也干得厉害。虽然她并不明白发生了什么，但是知道自己和齐光禄并没做过什么违法乱纪的事情，因此心里也就很坦然。她想着肯定是弄错了，等问清楚了很快就会把她放出去。

她靠着铁栏杆坐下来，一会儿便迷迷糊糊睡着了。刚要进入梦乡，一阵窸窸窣窣的声音又把她弄醒。她看见那两个人在找东西吃，其中一个人从身边脏兮兮的包里掏出两个馒头，递给另外一个。她这才看清楚是一男一女，年龄都不小了。他们是什么人？捡破烂的盲流？拐卖妇女儿童的骗子？要么是小偷？反正不是好人，要不怎么会在这里面！

那两个人一边吃，一边瞪着她，眼睛里满是不屑和挑衅。那样的眼光让光荣特别受不了，她长这么大从来没遭遇过。他们为什么这样看我？她心里忽然泛上来一阵酸楚，她想，我在他们眼里是什么人呢？肯定也会觉得我不是好人，好人怎么会关在这里面？

可是，谁有这么大的能力，说你不是好人，你立马就变得不像好人了？这到底是怎么回事？

光荣急出了一身冷汗，想得脑子都疼了。有很多东西在她的脑子里来回翻腾，一切都变得眉目不清了，迷迷糊糊，黏黏糊糊。她发现自己的口水又流了出来，已经很久很久没有这样了。她想向他们解释一下自己目前的处境，发现自己的嘴一点儿都不听使唤。她努力使自己镇定，可是越急越烦躁。她这才明白，自己刚才的不怕都是装出来的。

估计那两个人对她也烦透了，挪动了一下位置，离她更远了。男人站起来，边打嗝边朝角落一只塑料桶里撒尿，丝毫也没顾忌她的存在。虽然都被关在笼子里，但是在他们眼里，她因为势单力薄而更软弱可欺。弱者对弱者的歧视是最张扬的，毫无顾忌。

第二天，派出所人来人往，大半天都没人搭理她。快到吃晚饭的时候了，才有一个穿便装的人给她送来一个鸡蛋、一个馒头和一瓶矿泉水。她仔细看看，认出这人是带她过来的那个胡子。她快饿坏了，也顾不得那么多，从胡子手里拿过东西就吃，谁知只吃了一个鸡蛋，就再也没有胃口了。胃里全是酸水，一打嗝整个鼻腔都是酸的。她不知道齐光禄在哪里，家里现在怎么样了。不知怎么的，她突然想到了爹，这个自她从小就可有可无的人，对她来说意味着什么呢？从来没问过一句她怎么样，需要什么。她在外面挨了骂，磕破了脑袋，书包被人夺去，反正不管受了多大委屈，他从来没有安慰过她。现在就更不会管她的事了。

晚上十点多，胡子和另外一个警察进来，给她铐上手铐，提到二楼一间灯火通明的办公室。两个人一个坐进沙发椅，脚翘在办公桌上。一个斜靠在桌子上，手里夹着一支烟。她不知道他们是什么身份，他们也没介绍自己是谁。

"牛光荣，"说话的时候胡子并没把烟从嘴上拿下来，"你知道我们为什么把你弄这里来吗？"

"不知道，"忍了几忍，牛光荣的口水还是流了出来。

"我们是来替你申冤的，只要你好好配合我们。"烟夹在嘴角，随着胡子的嘴一起一伏，好像是他身体的一部分，"你把齐光禄强奸你的事，好好说说！"

牛光荣觉得自己的头一下大了。强奸？她在稀薄的记忆里，努力打捞着这个词语所包含的内容。那些事情即使残存在她的记忆里，也被她擦抹得差不多了。那个喧嚣的夜晚，她徒劳的挣扎，以及后来一次又一次的背叛，有多少个男人经过她的生活……她是被齐光禄的哪句话打动的？对了，孩子！他认真地告诉她说，他只想要个孩子！她更想要，这是她的病，也是她的药。她的孩子，曾经在肚子里孕育过的孩子，怎么说没有就没有了？她伤心得死去活来，可是再也没有了。现在，有一个男人要跟她一起生个孩子，这个想法让她感动得一塌糊涂。

　　"到底有没有这回事？"

　　"有，但是……"口水汹涌地流出来，她语不成句。

　　"你必须向我们说清楚，齐光禄是不是对你实施了强奸？"

　　"不、不是！"

　　"那好！"坐在办公桌后面的那个人突然站了起来，十指按在桌子上，"牛光荣，我再问你另外一件事，你坦白交代，你与多少男人发生了性关系？"

　　…………

　　"牛光荣，对你和齐光禄的犯罪行为，我们已经掌握了足够的证据。事实是清楚的，证据也是确实充分的。你既不要抵赖，也不要试图蒙混过关。"那个人慢慢地逼近她，从他嘴里冒出的混合着酒精、烟草和其他说不出来的怪味道喷在她脸上，"现在摆在你面前的只有两条出路，要想保住你自己，就必须承认是齐光禄强奸了你，而不是你自觉自愿的与他发生性关系；要想保住齐光禄，你就得承认自己是卖淫，包括与齐光禄和其他男人发生性关系，都是你自己主动勾引他们的。不过，为了体现我们的宽大政策，这两条路任你选。怎么样？对于我们这样的人性化办案，你还有什么要求？"

十六

不得不承认，跟着我的办公室副主任赵伟中是个非常通透的人。我一直以为他是小聪明。可是，小聪明能办大事。我觉得他的敏感程度和处理实际问题的能力远远在我之上，也在很多副县长之上。遇到一件突如其来的事情，他很快就有几套解决方案，而且轻易就能从中找到一个最妥帖的。即使不能当下解决，他也能找到拖下去的办法。我脾气比较急，有时候对分管部门的局长们忍无可忍，会说几句难听话。他总能事后在私底下把事情摆平，而且不留后遗症。

对于与下属的关系怎么处理才合适，我曾经非常困惑，也多次征求过他的意见。他反复告诉我，不能着急，时间会解决一切。开始我觉得这不过是一句套话，可是下来待得久了，果然觉得时间的厉害。我刚来县里的时候，既不好参加下面的"活动"，也不好跟无关的人员拉扯，有点儿空闲时间还想读书写作。可是到年终测评的时候，我的得分虽然不是最低，但是也不很高，挂在考核表上很不好看。我很苦恼，不知道问题出在什么地方。我把他喊过来，说了一句特别情绪化，也特别不着四六的话，我说："赵伟中，你说说这在基层工作，想清净一点儿是不是也是一桩罪过？"他说："赵县长，这事儿不用急。既然已经这样子了，千万千万不能再刻意改变自己。是什么样就是什么样！保持自己的本色，时间会解决问题的。"果然，大家和我相处一段时间，也认可我了，有很多人主动接近我，再也不用互相设防了。

　　有一次，他小舅子从美国回来，他问我可不可以陪吃个饭。我立即就答应了，这是他第一次跟我提个人要求，他时时刻刻都知道自己在什么位置上。据听说他小舅子是个名人，中央台的《致富经》栏目还专门介绍过他，说他是中国的"竹编大王"。刘师傅也跟我说起过，他上大学的时候就是个生意通，每逢假期，从省城图书市场上买几十本盗版书背回来，在县城卖，赚的钱够一学期用的。那时候他父亲还没当上县政协副主席，还有人说他父亲的这个职位，沾了他不少光。大学毕业后，他去了一家外贸公司，在广交会上跟着人家当翻译，发现了竹编这门生意，于是就辞职跑回来办了一个竹编厂。大别山漫山遍野都是竹子，人手更不缺，厂子很快就成了气候。后来他跟一个美国人合作，把生意做到了美国，一家人都搬去了美国。

　　晚上的饭局安排在县城北部的农家饭庄，赵伟中知道我喜欢那里的清静。赶到的时候，我发现他的两个亲戚、人大常委会主任和政协副主席都在，心里有点儿不舒服。但我还是像往常那样跟他们礼节性地寒暄过了。赵伟中的小舅子看起来很精神，穿了一身运动服，说话高声大嗓的，不像他爹那样唯唯诺诺蔫了吧唧的，一看就是个爽快人。

　　估计赵伟中也看出我的不快来。他先把我让坐下，然后很自然地说道："赵县长，本来我不想让主任和主席他们两个来，怕给您添麻烦。谁知他们一听说是请您，把所有的事情都推掉了，非来不可！我想了想，也没跟您请示就答应了，"他故意停顿一下，意味深长地笑着看了一下他们两个，"赵县长，在县里工作，最难的就是能得到人大、政协这些老同志的认可啊！可见您的能力和人品了。"

这话说的！我突然觉出自己的小气，不就是吃个饭嘛！赵伟中的话滴水不漏，而且正在点子上，说实话我也爱听。我和主任主席推让了一番，坐了上座。他们俩坐我两边。赵伟中和小舅子坐对面。

喝了几杯酒，话匣子大开，话题自然转到了小舅子在美国的事业上。小舅子讲到，咱们国人在国内千般万般不如意，那是没出国。到世界各国看看，哪里有中国好？他突然转向我说："赵县长，让我回来跟着您打个杂吧。在美国不管赚多少钱，都跟要饭差不多！"

我知道是个玩笑，可这个话头我没法接。我虽然跟着作家代表团去过几个国家，那都是走马观花，很难接触到别的国家真实的一面。美国我也去过，楼没有中国高，路没有中国宽，广场也没有中国大……反正我也没觉得哪比中国好。

他的父亲，政协副主席一本正经道："赵县长不跟人开玩笑。"

他拍了一下脑袋，像突然想起什么似的，问我："赵县长，听说您对齐光禄的案件很关注？"

关注？我一下愣了。也说不上我比别人更关注吧？这事儿我确实问过，但是也确实有很多人主动跟我提起过。我真想不到他会从这里斜插下来。

"你怎么知道齐光禄？怎么知道我关注他的事儿？"我问。

"我给他介绍过。给他介绍您的时候，顺便说起这件事，说您很关注基层百姓的疾苦。"赵伟中插话道。

主席赶紧点头称是。

"我们两个是中学同学，他还曾经找过我，那是在他没出事之前。"小舅子侧着头，用指头在头上挠来挠去，"当时我没当回事，谁知道最后竟闹成这样子！哎呀，不过他出这事一点儿也不让我意外，今天不出这事，明天也会出那事。"

"此话怎讲？"我突然来了精神。

"您知道他为什么中学没毕业就不上了？跟我们一个女同学谈恋爱，老师告诉了双方家长，这事儿就黄了。他身上揣着一把刀，跟了老师半个月。最后老师没办法调走了，他也被勒令退学。"

"就事论事，"我说，"你对他这件事怎么看？"

"算了赵县长，咱们还是喝酒吧！这事说起来没个头儿，"人大常委会主任插话道，"我们人大每次开会都会说到这个议题，可是能有个什么结果？"

赵伟中趁着倒茶的工夫，俯在我耳边提醒道："县领导在公开场合都不提这个事儿。"

莫非小舅子要说什么没提前给他说？我没搭理他，扭头对人大常委会主任说："你们可以监督法院嘛！"

"法院？"人大常委会主任看着我笑了笑，"人大真能监督法院？而且，法院说了算吗？法院就是说了算，这里面的很多事情根本就进不了法院。"

"您问我对这件事怎么看，"小舅子好像没有听到我们刚才的对话，只顾说自己的，"我觉得齐光禄这个事情本不该这样处理，而且会有比这好得多的结果——妈的！说起法院来我一肚子气！法律太滥了也没意思，我在美国，一次有急事超速行驶，结果第二天就收到法院的传票。如果在中国也这么干，一个村民小组设一个法院也不够用——齐光禄太傻、太傻了！"

"那么，齐光禄怎么做才算不傻呢？"我问，其实我已经隐隐约约知道了答案。我认为他觉得齐光禄傻，是站在自己的角度看问题。站在齐光禄的角度呢？他哪有几条路好走？

"您看您看！赵县长，本来我是想来听听您对齐光禄的看法，您却把球踢给我了。您这一问，我这一肚子问题也没影儿了，"他站起来，夹了一个大鱼头放我盘子里，"有些话，要说我不该说啊，尤其是对着你们这些领导。要我说，齐光禄什么都别干，就往上跑，闹呗！路子不是现成的吗？县里经得起这样闹腾吗？其实，在美国也有这样干的嘛！"

"可问题是，首先是齐光禄经不起这样闹腾，我估计。"

"那也不能这么傻！这个人也真是，从小就一根筋，跟人抬个杠也恨不得玩命！"他没喝多少酒，但是已经上头了，脸红得像鸡冠子，因此说起话来好像义愤填膺，"这人啊，一定得多想一想冲动了之后怎么办？如果一个人杀了你父亲，你一辈子什么都不要了，就要执意为父报仇。最后终于如愿了，把那人杀了。且不说法律惩不惩罚你，你父亲一条命，再搭上你的一辈子，这生意划算吗——不不不，不算是生意吧，说大一点就是人生。这样的人生，划算吗？两个人换他一个人，有什么意思？"

我不得不同意他的观点，但是又觉得哪个地方错了。至于错在哪里，又说不出来。也许很多东西是无法一笔一笔算出来的，尤其是幸福和痛苦，还有，整个人生。

停顿了一会儿，小舅子又说："齐光禄找我而我没帮助他，心里到底是不得安顿。我想着弥补一下，您看这样……"

"别尽说这个了，还是喝酒吧！"人大常委会主任已经明显带出情绪来了，估计今天的局面也出乎他的意料之外。我们相互看了看，终结了这个话题，不过也没再找到新话题，草草结束了这顿饭。

送我上车的时候，政协副主席拉着小舅子一只胳膊。小舅子用另外一只胳膊拉着我的车门，小声对我说："赵县长，说实话我很少跟国内的人在一起喝酒。他们只要一有工夫就发牢骚，就骂娘，这最让人看不起。窝囊废才会到处埋怨，才会怨气冲天。有本事你先把自己的事儿弄好，再去骂人家才有底气嘛！"

他浑身乱摇晃，看起来喝得很醉，可是话一点儿也不醉。我想了半天，也不知道他跟我说这些是什么意思。而且这话套在齐光禄身上，怎么都不合身——齐光禄从来都不埋怨，也从不发牢骚。

十七

在办案人员的循循善诱下，牛光荣最终选择承认卖淫，以此把齐光禄保了出来。齐光禄出来的第一件事就是去找光荣，问她为什么这么傻，硬把屎盆子往自己头上扣。那时候牛光荣已经被送到了看守所，在等待处理结果。隔着铁栅栏，牛光荣对着齐光禄指指自己的肚子，说，为了我们的这个孩子，所以你必须出去。这个家可以没有我，但不能没有你。

齐光禄惊得两只耳朵都竖了起来，眼睛瞪得如铜铃一般，很久才压迫住内心的冲动，颤声问道："既然已经有了孩子，你这不是傻得不透气吗？"

牛光荣流着口水，反而笑了，说："我才不傻呢，你觉得还有比监狱更安全的地方吗？"

对牛光荣做思想工作的时候，两个办案人员确实很人性化，他们把《刑法》搬出来，帮助牛光荣认真分析了未来的形势。如果牛光荣不认罪，齐光禄就要以强奸的罪名入罪，而强奸罪的量刑幅度是三到十年。归结到本案来说，他强奸的是一个精神上有疾病、身体上也有疾病的受害人，属于情节恶劣，应该从重或者加重处罚。那就可以在十年以上量刑，直至无期徒刑或者死刑。正如牛光荣所言，这个家离开齐光禄，就成了个空架子，非塌下来不可。而如果牛光荣承认卖淫，这就构不成犯罪了，可以不受刑事处罚，最多劳教一两年，"什么都不影响，权当去上了两年大学，回来以后你们仍然好好地过日子。"办案人员微笑着告诉她说。

　　他们的微笑让她无法拒绝。她知道，任何事情一旦跟法律沾上边，个人就无能为力了。法律没保护她的婚姻，法律也没保护父亲的企业，现在，法律再一次闯入了她的生活，但她还不知道将要让她失去什么，所以她需要在办案人员的微笑里寻找搭救——权衡利弊，最终她把一切责任都揽了过来。

　　很快处理结果就下来了，牛光荣以"长期卖淫，屡教不改"而被处以劳教两年。实际上，从进入劳教所的那一天起，牛光荣的心情便轻松了不少，更加觉得自己的选择是正确的。劳教所并不似想象的那么可怕，整个布局跟学校差不多，所以派出所干警的"大学"之说也不是诳语。有上课的地方，也有活动场所，每周还能洗洗澡。居住的房间也跟她上学时候的学生宿舍差不多，一个房间七八个人，出门不远就有卫生间，从环境上看还是比较舒适的。

　　刚到的那天晚上，一个白白净净的女管教干部找她谈话，告诉她这里的制度和要求。每周劳动六天，休息一天。都是很轻松的活儿，累不着人。劳教劳教，劳动是次要的，教育改造是主要的。白天劳动，晚上集中学习和讨论。生活上吃得不错，不但能吃饱，还能吃好，只要不是特别挑剔的人。"到这里是来改造的，又不是来享受的，有什么可挑剔的？"管教干部这样教育她。

这些道理不用说光荣都懂，况且她是苦孩子出身，什么苦都能受得了，到这里来早已在心里做下了吃苦受罪的准备。

第二天光荣就跟着大家出工干活了。四个人一个小组，活儿确实不重，织毛衣片，工艺要求也不高。这东西说是出口非洲的，估计在中国根本没人穿，衣服颜色看着就跟非洲人长得差不多。头一个星期是学徒，光荣跟着老师，一个四十多岁的女人学习。老师在外面是搞传销的，据说也曾经家资百万，后来弄得家破人亡。老公跟她离婚了，两个女儿跟着人家走了，到现在也没个音信。光荣可怜她，买点儿好吃的都跟她合着伙吃。她的技术进步也很快，不到三天就学会了。开始每天能织十来片，后来可以做到三四十片。女人也不表扬她，只是提醒她说，不能光讲究数量，还得在质量上下功夫。她听不懂话里有话，只管往前赶。谁知做得越多，任务量就越大，最后给她下达每天一百片的任务。虽然有点儿吃力，她还是赶着完成了。一天晚上，在卫生间洗碗的时候，师傅偷偷告诉她说，在这里面不能当先进，也不能再这样干下去了，否则总有一天会把她累死，"累死也是白死，就跟死个苍蝇差不多，拿笤帚扫出去就完了！"

她们说这事的时候，以为没人听见。可是，第二天师傅就进了学习班，那里专门"修理"不听话的学员，据说里面苦得不可想象。从里面出来的人，一句话都不敢跟别人说。她也被调到第二道工序上，缝盘，就是把第一道工序织成的毛衣片缝合起来，做成成衣。在针织行业，织毛衣片是最轻松的，而缝盘是最难的。要把上下两个毛衣片芝麻粒大小的针孔互相叠合起来缝在一起，一个针孔错了，整件毛衣就成废品了。这道工序都是二十来岁的人干的，眼要好，手要嫩，速度要快。像光荣这样年龄的只有两个人。但是，不管有多难，光荣咬着牙坚持着慢慢也学会了。但她的任务总是完不成，而且每天休工回来，眼前一片模糊，眼睛好像被谁抹了一层油，什么都看不清楚。这活儿确实太费眼睛了，据说眼神再好的人，干不了一年，眼睛也就完了。

　　开始只是组长提醒她加快进度，不能拖全组的后腿。她也着急，但是进度依然上不去。组长的话有时候就说得非常难听了。她理解组长的难处，知道她也得挨批评，所以从来也没跟她顶过嘴。但是，她们组完不成任务，除了组长在干部那里挨批评，其他人改善生活也没她们组这几个人的份儿，甚至连每个月的卫生纸、肥皂都不发给她们。拖了一两个月，组里面的其他人也开始找她的碴儿。当着她的面骂骂咧咧，背后毁她的东西，不是洗漱用品丢了，就是衣服鞋子找不到了。她都忍气吞声，没告诉过任何人。

　　一天晚上，她刚刚睡着，突然觉得有一坨湿黏湿黏的东西钻进被窝。她一骨碌坐了起来，吓出了一身冷汗，心都快要跳出来了。她看了一圈，寝室里开着灯，大家都在睡觉，一点儿动静都没有。她伸手去摸那坨东西，拽出来一看，是几块被水泡得白乎乎的肥皂，被谁粘在一起，趁她睡着塞她被窝里了。她收拾了一下，也没吭声，倒在床上再也睡不着了，早饭也没起来吃。女干警过来喊出工，她赶紧起来洗了一把脸，一边跟着大家下楼一边歪着头整理自己的头发。刚下到二楼楼梯中间，她听见后面哎哟一声，觉得好像有人踏空了楼梯，摔了下来。还没等她躲开，几个人冲下来砸在她身上。她一歪身子，从楼梯上滚了下去。当时自己还能站起来，觉得身上也没摔伤，于是就跟着大家到了车间。坐下不久，她觉得肚子痛，下身湿黏湿黏的，到卫生间解开裤子一看，整个内裤已经被鲜血浸透了。

十八

　　齐光禄事件中的派出所所长名叫查卫东，毕业于西北一所政法学院刑事侦查专业。大学毕业后，他一直在县局刑侦队当侦查员。后来，一起少年杀人案的侦破，使他名声大噪。乡镇一名出租车司机，被人杀害在离镇子不足两公里的河边。犯罪分子的作案手段极其残忍，司机的头颅被钝器所伤，血肉模糊，很难分清楚面目。司机被洗劫一空。罪犯的作案手段非常老辣，现场根本没留下可资破案的任何有价值线索。看了现场后，大部分警员都认为这是一起流窜作案，像大多数发生在鄂豫皖交界处的过路抢劫案一样，可能是个无头案。

　　查卫东通过现场搜集到的一个不是很完整的脚印，认定这起案件是本地人所为，而且是少年作案。他的理由是，本地山区与大小河流交织的地貌特征，塑造了当地人独有的前脚掌和独特的行路方式。之所以现场没有留下更多的东西，很可能与司机没带什么东西，犯罪分子也没有做好充分的犯罪准备有关。他相信作案的人还在当地，于是不遗余力地进行暗中调查，终于在一所学校抓获了两名未成年罪犯——关于这个故事，我下来挂职的第一年所写的一篇小说里，曾经有过详细地讲述。此案是两个品学兼优的留守少年所为。

查卫东出身贫寒，在走出乡村之前，没坐过汽车，没见过火车，连楼房长什么样都不知道。从小学一直到大学毕业，他始终是一个沉默寡言的人。据说他刚分到单位时也是如此，很少与人交往，基本没有社交活动。开始他住在办公室，后来分到了单人宿舍，来来往往也总是他一个人。没人见他买过菜，也没人见他在机关食堂吃过饭。他与同事之间除了工作基本没什么交往。很长一个时期，谁都不知道他过着什么样的生活。

再后来，有人给他介绍了一个女朋友，是早前一位老局长的千金。这位千金高不成低不就，给耽误到二十大几快三十岁了，也没找到合适人选。她比他大三岁，两人只见了一面，他就同意结婚了——甚至后来也有人说，即使当时不见面，他也可能跟她结婚。当时机关正分房子。

拿到结婚证，机关事务局给分了一套县政府家属院的房子。两个人是出去旅行结的婚，回来也没再举行什么仪式。平时，查卫东在刑警队忙得没头没尾，很少回来吃饭，有时候一出差就是三五天。所以妻子还是跟父母生活在一起，到他这里来倒像是串门子。

查卫东的妻子人长得漂亮，性格也很浪漫，经常写些诗歌、散文什么的，发表在地方文学刊物和报纸上。任谁都想不到的是，她不仅仅会浪漫，而且竟然还敢在刑警队高手面前作案——查卫东是怎么在她放在娘家抽屉的笔记本里，发现她写给报社一个副总编热辣辣的情书，一直到现在还是一个谜。如果执意要把这个问题弄清楚，他前妻曾经的一番话提供了很有意思的线索。"简直像一场噩梦，"她跟朋友诉苦说，"从我们俩结婚，他就没把我当成个好人。我相信连我们家飞进来的每一只蚊子都会经过他私下调查，睡觉他都睁着一只眼。谁跟他在一起，要么被逼疯，要么被逼成个贼!"

但是，查卫东在第二任妻子眼里，却是一个很会生活的人——那时他已经小有成就，成为县里的一个名人了。电视上经常看到他，县里有很多重要的会议和活动他也参加。因为破案有功，他先被提拔为刑警队的副队长，不久又被任命为城关派出所的指导员。指导员干了不到一年，就升任这个城区唯一一个派出所的所长——他的前任所长莫名其妙地被免了职，据说有人偷拍到他跟当地黑社会头目在一起喝酒洗澡唱歌的场面。那时候查卫东正在几千里之外的中国刑警学院进修。学习还没结束，上级就把他召回来接任所长。派出所就在县委办公大楼的隔壁，后面有一个小门可以直通县委常委办公楼，可见其位置之重要。

很久以后，有传言说偷拍行为系被他指使。他未置可否，一笑了之。

其实，对他后任妻子的议论从来都没有停止过。要说她出身并不算低微，父母都是商业系统的老职工。高中毕业，她没考上大学，接母亲的班进了糖烟酒公司当会计。国企改制，糖烟酒公司改成了股份制，很多人的身份都变了，唯独她还是一名会计。这是形成对她第一波议论的主要原因，因为这个岗位是公司核心的核心，掌握着公司的生命线。公司改制不多久，大家的议论便有了具体的目标，她与公司经理的"什么什么事"被"什么什么人"撞见了——也都是传言。嗣后，她调入了县第二人民医院办公室当后勤。在医院干了不久，与办公室主任拎不清的传言又甚嚣尘上。虽然这次没被人撞见，但毕竟无风不起浪，有风浪三丈。她也很难在医院再待下去，不得已，调入机关事务局专门负责接待——出一次事重用一次，大家切身感受到了她身后巨大的权力影子。但谁也没发现什么，更没抓住什么。也许更因如此，对她的议论才会这么密集。她成为县城市民生活的一个符号，一个漂流瓶，过一段时间总有人打捞出来查看一下。平时如果大家在一起聊天，说起这个县里的奇闻逸事，讲不了三件事，保准得说到她。

查卫东因受到县委县政府嘉奖而上台领奖的时候，她是专门在后台负责给他们领台的。领奖前的几十分钟，两人在一起聊了几句，双方都有相见恨晚的意思。很快，查卫东找人撮合，两人就组成了一个新的家庭。新家庭很有新气象，查卫东像变了一个人，开朗多了，也开放多了。过了不久，他们有了一个可爱的女儿。女儿长得脸形像她妈，神情像他。当了父亲的查卫东，更加爱护自己的小家庭，对妻子俯首帖耳，对孩子有求必应。

谁都不看好的婚姻，能经营成这样，出乎所有人的意料之外。但也有不以为然的，有一次，查卫东的小舅子张鹤天喝多以后，在他们家发酒疯。张鹤天指着查卫东说，你别在我跟前装老实，你是没资本再离婚了！

查卫东仍然是一笑了之，不跟他计较。

查卫东的妻子就姊弟俩。弟弟张鹤天可不是一盏省油的灯，家里不知道通过什么关系把他送到省警校，毕业后也不知道通过什么关系又给分到公安局办公室，跟着局长开车。局长下班后，他召集一群发小在街头喝酒。酒酣耳热之际与邻座发生纠纷，他一啤酒瓶子砸人家头上，把自己的制服砸丢不算，还赔了人家五万块钱——对方也不好惹，姑父是省报社的一个老总，占领着舆论制高点，一个小豆腐块都能把他砸成残废。

被公安机关开除之后，张鹤天开过饭店，修过高速公路，承包过电影院，干一行败一行。后来上级要求县直和乡镇各机关单位无纸化办公。姐姐得到消息后，让他成立电脑公司，估计全县有几百台电脑的生意。于是，他东拼西凑，成立了"天宇电脑公司"，还在县城中心位置租了一个办公大楼，买了两台车。开业那天姐夫没露头，由姐姐出面，请了几十桌头头脸脸的客人，闹得阵势很大。谁知无纸化办公只在口头上喊了一阵子，雨过地皮干。地方政府吃饭都没钱，哪有资金办这种事？国家的政策搁浅，一百多台电脑砸手里。后面天天跟着一群要账的，让他焦头烂额。

他看上齐光禄的生意，也是姐姐的一句话引起的。姐姐说，县政府要建第三招待所了。这个招待所规模很大，如果再加上另外两个，光肉菜供应就是一大笔生意。

他在菜市场踅摸了半天，发现齐光禄的店铺不仅位置佳，生意好，经营的商品也比较齐全。于是，摸清楚齐光禄的底细后他便下手了。他无论如何也不会想到，他与齐光禄之间这么一点点民事纠纷，会卷起那么大的风暴，搅得半个县都快翻了天——美国气象学家爱德华·罗伦兹在一次演讲中说道："一只南美洲亚马孙河流域热带雨林中的蝴蝶，偶尔扇动几下翅膀，可以在两周以后引起美国得克萨斯州的一场龙卷风。"

这个大嘴巴的话终于在中国的一个小县城找到了注脚。

十九

在外人看来，牛光荣也算是因祸得福。她在劳教所只待了四个多月，就因为意外流产被提前释放了。释放之前，劳教所的领导轮番和她谈话，一方面对这次"意外"表示同情，一方面问她还有什么要求，劳教所会尽可能满足她。她能有什么要求？脑子一片空白，说话语无伦次，对走与不走都没意见。劳教所领导拿出一份材料，让她在"以上看过，没意见。牛光荣"这几个字上面捺下自己的指印，告诉说她可以回家了。

接她出去那天，齐光禄和弟弟两个人早早便来到劳教所。等到过了上班时间，除了门卫，一个警察也看不到。两个人站在门口一直等到快九点了，劳教所的偏门才开了一条缝，牛光荣像一个游魂一样飘了出来。齐光禄和弟弟跑过去，一人抓住光荣一只胳膊，看着她，话都不知道该怎么说。光荣也是呆呆地看着他们，像陌生人一样。

来时齐光禄租了一辆面包车让光荣的弟弟开着，他在后座上铺了被子褥子。齐光禄把光荣放在座位上，头枕着他的腿。她骨瘦如柴，皮肤薄得透明，与被带走那天判若两人。看着她的样子，齐光禄后悔不迭，觉得当时无论如何不该放她到这个地方来。

齐光禄让弟弟把车子直接开到隔壁县的一家医院。到医院先给光荣做了常规检查，身体倒也没什么大问题，就是虚。虚是病，也不是病。医生告诉他们说。

齐光禄坚持给光荣做了妇科检查。医生给他说检查结果的时候，齐光禄眼前一黑，差点儿背过气去。光荣这样的身体条件，很可能再也怀不了孕了；即使能怀上，孩子也会因为习惯性流产而夭折。

坠子和老婆是光荣回来半个月后才从外地赶回来的。坠子看起来比过去更老了，浑身上下一嘟噜一嘟噜的都是赘肉，坐在那里大喘气，好像是用旧零件组装起来的一台蒸汽机。光荣躺在床上，似一个没有呼吸的纸人。坠子老婆过去拉着光荣的手，以往那么爱絮叨的她，一句话都没说，只是看着光荣一个劲地叹气。

下午，坠子安排齐光禄带弟弟去买了十来个菜，两瓶好酒。等他们回来，看见坠子擀好切好的面条整整齐齐地码在案板上，那是他最拿手的"袁面"。坠子边下面条边安排老婆把菜装好盘，摆上八仙桌，把光荣搀起来坐下，然后又在上手空了三个位置。喝酒之前，他在三个空位置上恭恭敬敬地各摆了一碗面，一杯酒，双手擎起自己的酒杯，口中念念有词："爹！娘！光荣娘！坠子这里领罪了！你们看我把一家人领成什么了？"

坠子老婆和齐光禄连忙站起来，扶着他劝他坐下。坠子坐下来，热泪长流，眼泪噗噜噜落在面条碗里。一顿饭吃得像办丧事，打开一瓶酒基本上没怎么动。

第二天一早，天还没亮，坠子就把老婆和孩子们都带走了，谁也不知道他们去了哪里。在此之前，两间铺面早已转给了张鹤天。据说这次张经理干得还不错，把周围几家店铺都盘了下来。三个招待所的肉菜供应全被他承包下来了，光这一项就是一笔不小的收入。

每年的四月初，正是长城边莺飞草长的季节。从城里到这里来踏青的人如过江之鲫，找个停车的地方都很难。当地政府顺势而为，每年举办一次"风筝节"。头两届吸引了国内不少名家，后来越办越大，国外的风筝玩家也都来参加比赛，于是，就把这个活动扩大为"国际风筝节"。

这年的风筝节于四月六日开幕。当日一大早，国内外各家媒体早早来到现场，还有三家卫视台做现场直播。九时九分，锣鼓喧天，鞭炮齐鸣，各级领导鱼贯登上主席台。数百只信鸽振翅飞向蓝天。随后，八十多米长的巨龙风筝、婀娜多姿的蜈蚣风筝和众多各种造型的风筝翱翔翻飞，争奇斗艳。

突然，在放风筝的队伍里，出现了两个头勒白巾，身穿白衣黑裤的男子。两个人的前胸后背都绣着黑色的大大的"冤"字，他们奔跑着、呐喊着，放飞手里的风筝。那是一只巨大的、黑得像墨汁一样的梅花风筝，尾巴上挂着九十九个白色小条幅，每个条幅上面都写着"冤"字。霎时，中外记者轰动了，纷纷站起来举起手中的长枪短炮。

二十

我安排赵伟中把齐光禄案件的卷宗材料调过来，想详细地查阅梳理一下，以便理清里面的脉络。赵伟中说，"齐光禄案件"不是一个单纯的案件，而是一个非常复杂、前后有很多人经手的"事件"。卷宗材料不止涉及一个单位，也不止涉及某个办案人员。如果把材料全部凑齐，估计要拉一板车。

后来他找到一份早前县委县政府呈报给上级的综合报告给我。我看过之后，觉得情况委实太复杂了，任谁也不好拿出一个彻底解决问题的办法。

天中县委、县人民政府
关于齐光禄事件的经过及处理意见的报告

…………

一、从整个事件的调查结果看，并没有任何证据证明查卫东参与或者放纵事件的发生，因而对其做出"双开"的处分于法无据，明显失当。鉴于查卫东被齐光禄砍死后，其妻改嫁，父母及女儿的生活没有保障，建议一次性给予其家庭十万元经济补助。

二、县公安局根据齐光禄涉嫌犯强奸罪的有关事实，对其采取刑事拘留强制措施，是根据群众举报和刑警队采集到的线索依法做出的，并非如当事人和上访人所言是报复行为。但是，鉴于该局在处理此事时采取的方法粗暴，对群众及当事人宣传法律政策不到位，引起群众较大抵触情绪和一系列恶劣后果，经县委常委会研究决定，公安局现任局长、政委予以调离公安机关并给予行政记大过处分。

三、牛光荣之死有多种原因。虽然构成对牛光荣劳教的违法事实并不充分，但其与多名男子发生性行为的事实是客观存在的，也是应予矫正的。经查明，在牛光荣劳教期间，造成其流产的行为系意外事故。所方发现其身体不适后，所采取的施救及提前释放措施是得当的、及时的。当事人牛光荣及其家人并未表示异议。

四、牛卫国（别名牛坠子）及其家人在权益受到侵害时，不是通过正当的法律和信访途径解决问题，而是采取极端措施，在"风筝事件"中的行为严重损害了党和政府的声誉以及国家形象，本应给予行政制裁。鉴于主要责任人牛卫国已经亡故，而且有国家机关工作人员损害事实在先的特殊原因，对其事件中的其他参与人员不再追究责任。

五、齐光禄犯杀人罪，已被市中级人民法院依法判处死刑。被告人未提出上诉，现案件已经进入死刑复核程序，等待最高人民法院的最终裁定核准。

六、对事件所涉及的有关人员，已经依纪依规处理到位。因此事件造成的群众上访尚未彻底平息，县委县政府仍然负有劝解和维稳的责任，我们将尽全力做好防范和化解工作，不使事态进一步扩大。

七、痛定思痛，通过这个事件使我们深刻认识到……时刻把群众利益无小事放在首位……以稳定促发展……努力开创……新局面。

            ……………

我把报告推给赵伟中，仰靠在椅背上，久久没有说话。他一页一页地翻看着，做出非常认真的样子。我知道他一个字都没看进去，他在等着我发话。不管处理任何问题，他总是这么能把握分寸。果然，我刚一坐直，他立即放下手里的文件，认真地看着我。

"牛大坠子，不，牛卫国死后，他老婆没再改嫁吗?"我问。

"没。毕竟她年龄偏大了，村里人给她介绍过几个村民，您知道她怎么说?"他咧开嘴笑了起来,摇了摇头,"'切!勤劳善良的贫下中农,我还真看不在眼里呢!'其实,她也不是个省油的灯,村民一直上访闹事,就是她和儿子两个人在背后指使的。"

"他们能够鼓动村民上访闹事,而且持续这么长时间,说明还是有合理的诉求在里面,"我拿起笔,在文件第"六"项下面重重地画了一道,"从我了解的情况,再加上我刚才看到的这个材料,我觉得事情的麻烦之处就在于,看起来谁都有责任,但是论到法律上,又都没有责任。这么重大的事件,最后查找不出具体的原因,也没有应该承担责任的人,你不觉得更可怕吗?"

"那当然!照您这么说是很可怕,"也许他听出了我的意思,随即调整了态度,重重地点了点头,"老百姓来上访说明还信任咱们,如果有事都不上访了,像齐光禄这样干,那麻烦就大了!"

"齐光禄也不是一步跨到杀人者的位置上,"我把报告重新递给他,"除了这份报告,你再仔细想想:他无处诉说,说了也没人听,听了也不会有人管——如果要讲痛定思痛,这才是痛中之痛!"

"那可一点儿都不假!"他有点儿忘形,一巴掌拍自己腿上,"就是因为没管他的事,我小舅子心里一直过不去。上次他回来找您,本来是想让您安排县医院把齐光禄的妹子收治了,所有的费用由他来出,结果主任把这事给搅黄了。都怪我不会办事!"

<h1 style="text-align:center">二十一</h1>

对"风筝事件"的处理非常迅速,而且也很到位。国家有关部门成立了联合调查组进驻天中县,找多名当事人和知情者询问

情况。虽然不能彻底查清楚，而且对事件性质的认识也有分歧，但调查组要求省市县三级迅速拿出处理意见以平息民怨，并保证无论如何不得再发生类似事件。

派出所所长、张鹤天的姐夫查卫东被开除党籍、开除公职，一夜之间从一个警界新星变成一介平民。与案件有关的派出所两个干警被免去职务，有关当局就其涉及的违法问题展开调查，是否涉及犯罪俟调查结束再做处理。县委县政府对此事件负有监管不严、控制不力的领导责任，分管副县长被行政记过。县委宣传部新闻发言人在回答记者的提问时明确表示，"矫枉必须过正，人民群众的合法利益必须得到充分有效保护，绝不允许任何人假借公权力谋取一己之私！"

对此次事件涉及的赔偿问题，县委县政府也迅速拿出处理意见：张鹤天立即退还店铺并负责恢复原状，赔偿受害人每月两万元共计十一个月二十二万元的财产损失。为了体现政府勇于承担责任的宗旨，县政府从信访专用资金中拨出十万元，补偿给齐光禄和牛光荣。

处理结果与当事人见面那天，县委一名副书记、县政法委书记、县公安局长、信访局长都参加了。大部分当事人都表示同意，没有什么意见和要求。会议结束后，查卫东走过去拦住几位领导，提出自己在这个事件中不应该承担责任："我既不知情，更没与任何人打过招呼。如果要承担责任，也仅仅因为与张鹤天有亲戚关系——我是他的姐夫，仅此而已。所以，对我进行'双开'处理显然是不公平的，也没有任何法律和政策依据。"

调查组也确实没有掌握查卫东直接参与此次事件的有关证

据。派出所的两名干警证实，他们的作为是因为"群众举报"，跟查卫东无关。张鹤天和姐姐也证明，从来没与查卫东谈过此事。

县委副书记问："查卫东，即使你没有明示或者暗示你的下属，你派出所的两个干警为什么这么'无私'帮助你而不帮助其他人，这你心里不清楚吗？"

"这个我说不清楚，"查卫东以立正的姿势回答，"我真说不清楚！"

"你是真说不清楚？小聪明是会害死人的！不处理你，怎么向上级交代？怎么跟老百姓解释？都什么时候了，还玩这种把戏？"看着查卫东复杂的表情，县委副书记不耐烦地摆了摆手，"先把主要问题解决了，你的问题随后再说！"说完拂袖而去。

信访局长要求齐光禄和牛光荣在一份"协议书"上签字。齐光禄拿过来看了看那份协议书，大致意思是两条，一是完全同意政府的处理意见，二是保证不再为此事上访。

齐光禄拿起笔就把自己和光荣的名字签上了。信访局长不同意，坚持让牛光荣自己签。齐光禄让她看看牛光荣的样子。信访局长看了看，指示齐光禄拿着牛光荣的手，在她的名字上面捺了指印。

一切都恢复了原来的样子。齐光禄的铺子重新开张，生意虽然没过去红火了，但还是比别人的要好。工作之余，齐光禄带着牛光荣每天坚持体育锻炼，还找了县城一个老中医，让他开了半年的调养药。她的身体和精神在逐渐恢复之中，有时候还能听到她的笑声。对这样的结果，大家都觉得很妥帖。他们以为已经揉皱的生活可以伸展、拍平，重新恢复过去的纹路和形状，甚至不会留下一点儿折痕。

第二年春天，坠子因为肺部感染回到县城住院治疗。开始也没怎么在意，以为像往常一样把炎症消下去就好了。谁知县医院检查的结果是肺癌晚期。坠子老婆不相信，坚持带他到北京确诊。结果与县医院的检查并无二致。坠子也知道了自己的病情，拒绝在北京治疗。他坚持回老家，说是自己调养，可是回来后一口药都不吃。到年底，一个胖大的汉子瘦得竟只有几十斤了。弥留之际，他让老婆把几个孩子喊到床前，向孩子们表达歉意，说，自己一直在努力，这一辈子都想为他们办一件大事，可是……光荣拉着他的手说，您办的事情还不够大吗？坠子摇摇头，不够，不够！泪水顺着他的老脸往下落，浑浊得跟泔水似的。齐光禄说，爸，您永远都是我们敬重的爸爸！说罢拉着光荣和弟弟一起跪下了。这是他第一次喊他爸，也是最后一次了。

二十二

新上任的公安局长郑毅，原来是周友邦挂职那个县一个乡镇的党委书记，因为计划生育工作失误被免职。后来上级安排他到市公安局防暴大队任副队长，工作期间成绩突出，提拔到天中县公安局任局长。据说他在市局工作时就和查卫东很熟悉，与查卫东的几个同学也过从甚密。但据后来的调查证明，他和查卫东也仅仅是正常的工作关系。他到这个县任局长时，查卫东已经被双开，在家赋闲。也从来没人看到过他在县里跟查卫东接触过。

我来这个县挂职之前他就被调离了公安队伍。据熟悉他的同志讲，他是个非常正派，也非常敬业的人。简直是个工作狂，从来没休息过星期天节假日。他所制定的"白天要让群众看到警察，晚上要让群众看到警灯"的工作目标，使这个位于鄂豫皖三省交界、社会治安非常混乱的县，变成公安部表彰的先进单位。所以，他在群众中的口碑非常好，一直到现在，大家说起他还交口称赞。

　　他到这个县任职之后，在对过去所办理的案件进行梳理的过程中，发现了齐光禄和牛光荣一案。他认为，就案件所涉及的事实，对牛光荣采取劳教措施显然是处罚过当。但是，这么轻易地放过齐光禄，就是对法律的亵渎，毕竟他的行为已经构成了强奸罪。而这个罪是暴力犯罪，公安机关不能与当事人进行协商私下处理。他将此案件批给刑侦队，并责成政委指导纪检监察部门督办此案。

　　政委是一个老公安，他比局长到这个县早，对此案件也比较熟悉。他给局长的建议是，这个事情已经处理完毕，里边的问题非常棘手，不能再触及矛盾，引发新的问题了。

　　局长说："为什么棘手？为什么会形成矛盾？就是没依法办事嘛！事情要想简单，就只能坚持一条原则：正本清源，从根子上解决问题！"

　　政委没再坚持自己的意见，他要维护班子的团结。虽然政委和局长分别是公安局的党政一把手，但是真正的一把手只有局长一人。

　　刑侦队去抓齐光禄的时候，他正带着几个员工在店里忙活。最近他又代理了两家知名品牌的肉制品，坠子原来设想的开连锁店的目标眼看着就要变成现实。新店铺的地方已经找好，合同也已经签过，就差付款了。

后妈带着光荣和弟弟回老家给坠子上坟去了，今天是他的周年。等他们回来天已经很晚了。光荣看到店员交给她的对齐光禄刑事拘留通知书，罪名是涉嫌强奸。她把通知书递给弟弟，呆呆地坐在床边，一句话也不说。后妈从弟弟手里接过通知书，看了看，跟光荣说，今天太晚了，有什么事情等到明天再说吧。

光荣定定地看着桌上的一片灯光，始终没说一句话。

后妈做好饭给光荣端过来。光荣埋头就吃，吃完倒头便睡。后妈不放心，又过来看她，发现她躺着床上直直地睁着眼睛看着天花板，并没有睡的意思。后妈说："想开点儿光荣，没有锯不倒的树，也没有蹚不过去的河。咱们留得青山在，不怕没柴烧。"

光荣这才开口说话，她说："人要是想死就死多好！"后妈为她掖了掖被子，说："别说傻话了，咱们慢慢来。人就是再没本事也不能被冤枉死。明天就去找他们说理去！"

"妈！"光荣瞪着眼睛，并没看后妈，好像是说给自己听，"他们要是再抓我，您无论如何得帮我拦着，给我留点儿死的时间！"

后妈的手停留在被子上，看着光荣，半天没说话。

光荣以为她没听清，抓住后妈的手，把刚才的话又重复了一遍。

第二天早上起来，后妈已经把早餐买回来了。今天光荣好像特别能吃，吃了两根油条两个鸡蛋，还喝了一碗豆浆。后妈让弟弟搀扶着光荣，三个人一起来到县公安局，问了半天人家才告诉他们刑侦队在五楼。他们在一间大办公室找到了办案人员。办案人员告诉他们说，齐光禄已经送交看守所拘押了，这个案件正在侦查之中，不能透露任何细节。

"那我们至少应该知道为什么抓人吧？"后妈说。

"不是已经把通知送达你们了？强奸！"办案人员斩钉截铁地说，后来想了想又补充道，"涉嫌强奸。"

"他强奸谁了？是这个孩子吗？"后妈用手指着光荣，"他们都过成夫妻这么多年了，这还算强奸吗？"

"照你说这么简单，如果杀个人，一百年后就不是杀人犯了！"办案人员不耐烦地看着他们。

"当时你们劳教光荣的时候是怎么说的？难道连你们公安说话也不算话了吗？"

"滚出去！"办案人员怒不可遏，一拍桌子站了起来。弟弟赶紧过去护住母亲。

"老天爷还不睁开眼吗？"光荣突然仰头大叫一声，边喊边朝通往阳台的门口走去。后妈见状，失声尖叫："光荣——！"话音未落，牛光荣已经从阳台上一头扎了下去。

二十三

县城东南角有一个老体育场，过去曾经是开批斗大会和枪毙人的地方。谁要是诅咒某个人，总爱说早晚非把你送到体育场去不可！现在它已经被围在县城中心了，平时县里的重大活动或者展销会什么的，偶尔还会用一下。因为进出不方便，几届人代会都提议建新体育场。新体育场拖拖拉拉建了两年多，还没正式交付使用。所以市民们早晚活动还是到这里来。

每天早上，查卫东来的都比较早。他一般五点多钟就出门了，这是他多年来养成的职业习惯。到了体育场，简单热一下身，他便围着跑道跑起来。他每天都坚持跑四十圈，十六公里。如果没有意外情况，比如极端天气或者大型活动占了跑道，即使一般的刮风下雨天气，他都不会停下来。他有这种韧劲，一直都有。

被双开之后，查卫东一直在家赋闲。对于自己的处分，他再也没有提起过。肉铺子还给齐光禄之后，小舅子张鹤天开了一家出租车公司，让他去管业务。开始他不想去，后来禁不住老婆左右央求，去跑了几个月，又回来了。他和小舅子两人性格合不来，他也知道小舅子从骨子里看不起他。而且平时他不大爱说话，什么事情喜欢做了再说，甚至只做不说，更不爱跟人抬杠。小舅子是个嘴巴比脸还大的家伙，什么事情八字还没一撇，已经广播得满城风雨了。再一个，他也特爱抬杠，查卫东觉得他是世界上最爱抬杠的人。不管你说什么，他先插上一句，谁告诉你是这样？你还没与他争辩，他手一挥打断你，你知不知道啊？到最后，反正就他知道，谁都不能知道。

可是，在查卫东心里，小舅子也不是个坏人。跟他姐的性格一样，四肢发达头脑简单，讲义气，够朋友，对人从来也不知道提防，不管自己吃多大苦受多大罪，也得先把朋友打发舒坦。从公安局被清退之后，他在局里比查卫东的人脉都广，办事能力也比他强。查卫东之所以不想跟他在一起搅和，主要是害怕性格不合，到最后会伤害相互之间的感情，进而影响到家庭关系。老婆不管过去怎么样，现在对他不错，什么事情都由着他的性子来。尤其是出事之后，处处想着他的感受，总害怕他再受到什么伤害。他觉得自己没看错人。

在家闲着没事干，查卫东就练练书法，教教孩子的功课，偶尔回老家陪老人住几天，其余的时间都用来锻炼身体。这几天天气一直不好，没一点儿风，一天到晚雾气腾腾的，对面看不见人。老体育场因为裹在城内，被各种油烟、灰尘、雾霾包围着，像一锅混汤，根本没法跑步。于是，他就独自跑到新体育场。那里的跑道基本完工了，运动场正在植草皮，围墙还没拉起来。

到新体育场的第一天，他发现只有自己一个人在这里跑。这里毕竟离城区较远，而且交通也不是很方便，城里到这里的主路还没修好。第二天，四十圈快跑完的时候，他发现多了一个人。那人是相对着他的方向跑的，跑起来很慢，好像腿脚不是很方便。跑近了，两人打了个照面。虽然没有灯光，看不很清楚，但他还是觉得这人有点儿面熟，想不起来在哪里见过。他想主动打个招呼，后来想想怕人家认出自己，就算了。

牛光荣跳楼之后，县委害怕事情闹大，要求公安局立即撤销齐光禄案件，先把人放了，听候处理。其实也没什么好处理的，只要当事人不上访闹事，上级不追查责任，事情就会慢慢稀释，无非是政府赔几个钱，大事化小小事化了。齐光禄释放出来之后，确实没闹一点儿动静，也很少出门。倒是光荣的后妈和弟弟到县委政府闹过几次，都被工作人员劝阻回去了。

齐光禄把铺子交给弟弟，什么事情都不想费心劳神了。每天早上，他背着一个羽毛球拍袋，待在查卫东楼下等他下楼，再跟在他后面去体育场。到体育场，他就把袋子放在身边，看着查卫东跑步。一般情况下，他都是在查卫东跑到第三十七八圈的时候跟上去。那时候查卫东的体力已经消耗得差不多了，而且快达到目标的时候，人也比较容易松劲。但是，在老体育场活动的人太多，他试着几次靠近查卫东，都没有下手的机会。他等着雨雪天气的到来，可是这个冬天特别干燥，一直无雨。

后来查卫东转移到新体育场，他在后面跟不上，就没去。

第二天，他骑着自行车，老早就到了这里。走在路上他就感觉到起风了，但风还不太大。过了一会儿，风刮得越来越大，他担心查卫东会不会来。正在踌躇间，查卫东已经过来了。他看着查卫东热了热身，开始跑起来。他就坐在旁边等着他。查卫东跑到第三十八圈，他把拍袋打开，里面是一个亮黄的绸布包。再打开布包，包里裹着银光闪闪的日本刀，关孙六。他把刀别到身后的腰带上，逆着查卫东的方向跑起来。那已经是查卫东的第三十九圈了。由于两个人离得比较远，他的腿脚又不方便，所以没来得及靠上去。最后一圈，第四十圈，他跑得很慢。等查卫东跑过来的时候，他捂着腰站住了，哎哟哎哟地喊叫着。查卫东一边喘着粗气一边靠过来，伸手扶他。他猛地一转身，手里一道寒光划过，刀子在风中发出嗖的一声鸣响。查卫东没来得及躲避，刀已经到了脖子上，划出一个大口子，鲜血喷涌而出。查卫东往后闪了一下，惊恐地瞪了他一眼，双手像要拥抱似的伸向他。齐光禄又举起刀扑上去。谁知查卫东却仰面朝后倒去。齐光禄骑到查卫东的身子上，像劈柴一样猛砍起来。这把刀出人意料的锋利，血肉像木屑般乱飞。那种利索和痛快，给了他极大的满足。愤怒和悲哀已经脱壳而出，离他而去。他的注意力完全集中在刀上了，忘记了周围的一切。他唯一的担心就是，身下之物不够喂这把刀，以延续他的狂欢。一下、两下、三下……他快活得泪流满面。你他妈的他妈的日本鬼子！真是一把好刀啊！

二十四

两年的挂职说结束就结束了，回头想想几乎是眨眼之间。时间虽然很短，但在这片历史层层沉积的土地上，我还是感受到了一种厚重、柔韧而又沉闷的东西。这东西莫可名状，黏糊糊的，又是若即若离的。但是我知道，从此之后，这些黏糊糊的东西就像学弟说的苦涩之后的味道一样，将灌注进我的作品里，成为我思想的一部分。

我在想，当地人把汝河喊作回头河，除了地理因素，有没有文化或历史因素？离开天中县的前一天，我站在刚刚通车不久的汝河大桥上久久不愿离去。我顺着桥面，把两边的栏杆拍了个遍，好像这是自己的孩子似的。河面上升腾着雾气，很稀薄，但也很执着，一旦升到与河堤平行的位置，便被风吹散，瞬间就了无踪影。

人类与河流的关系甚是密切，我们说起是哪里人，总是喜欢说靠近哪条河，好像我们的根子就扎在水里。谁说不是呢？我们逐水而居，人生路上遭遇大喜大悲，还老是想着要不要回头，心里总是湿漉漉的。

我忽然想起他们讲的坠子的一个笑话。有一次他唱完戏，跟村里人聊天说（那时他还没当上经理），等我哪天成功了，非到"局部"去看看不可！人家问，"局部"在哪里？他说，"局部"你们都不知道啊？中央气象台天气预报，不是说局部有雨，就是说局部干旱，那儿肯定不是个小地方！

对于我们来说，这个笑话既很可笑，也很可怜。而对于常年生活在偏僻山区里的人们来说，也许局部就是他们的整个世界，或者一生的梦想。坠子离开宾馆并再次"成功"之后，村里人进城找他，只听说他今天在这里，明天在那里，神龙见首不见尾。大家便在私下里议论，弄不好他真是到"局部"去了。

《人民文学》2014年第1期

所有路的尽头

弋 舟

突然间黄昏变得明亮
因为此刻正有细雨在落下

——博尔赫斯

一

四十岁生日是邢志平陪我一起过的。我们俩的生日相差无
几，几乎可以算作是同一天。这样也可以说成是我陪他过的生
日。四十一岁的生日，还是我们俩一起过的。今年我四十二了，
邢志平却再也不能和我一起喝杯酒，继续接着往下长。他死了。

接到这个消息后，我独自出了门。天已经黑下来了，空气滞
重，有股沉甸甸的分量。遁入夜色，我有种挤进什么里面去的感
觉。步行十多分钟，我走进了那家小酒馆。

酒馆的老板以前是位拳击手，不过，这并不妨碍他给自己的
酒馆取名叫"咸亨"。他可能是得了什么人的指点。混熟后，有

次喝酒的时候我告诉他：不如叫"泰森"。这家小酒馆卖散装的白酒，下酒菜除了驴肉板肠，就只是些花生米、拌黄瓜之类的小菜。酒才是这里的主题。现在兰城这种馆子不少，在我眼里，算是中式的酒吧。我出国十多年了，几年前加入了新西兰国籍，但国内的身份一直还在。这肯定不合法，好在暂时没人追究。我是位画家，以前还做过大学教师，但这几年回到国内，却喜欢和小酒馆老板这样的人结交，个中缘由，连我自己也难以说明。

酒馆老板总是说我看上去一点儿都不像个搞艺术的，上辈子可能也开了家小酒馆。这说法有些宿命的味道，我乐于接受。

进门后酒馆的老板娘朝我点点头。我知道她叫小戴——老板总这么喊她。她并不小了，实际年龄可能比我还大些。但她被叫作"小戴"，却也不显得勉强。她还算是风韵犹存吧。这么说有点儿庸俗，但我没有其他更恰当的说法。

老板坐在老位子上。小酒馆里没有吧台，他有把自己的专座，放在墙角最昏暗的角落里。稀奇的是，这把椅子你永远无法搬动，在装修的时候，它的四条腿就被水泥固定住了。酒馆老板说，这样做，不过是为了给他自己强调出一种"稳固感"，坐在上面，他就会打消出门鬼混的念头。我觉得这个说法挺有意思的。

看到我他显得很高兴，向我摆手说："先别急着喝酒，我们来喝会儿茶。"

我就手拉了把椅子，到他对面坐下。

我们之间隔着一只松木方凳，上面有电磁炉。炉子上，是一把日式的铁壶——这个黝黑的家伙现在值点儿钱，好像是明治时期的。据说如今中国人已经买光了日本人的老铁壶。

"外面儿还能吸气吗？说是已经启动雾霾红色预警了。"他说。

"不知道。"我说，"天黑了，眼不见心不烦。好像我们是用眼睛呼吸，而不是用鼻子。"

"说得好，对空气这种玩意儿，人其实都是用眼睛来估量的。我还可以靠手感，外面儿这空气，我都不知道是该呼吸，还是该当沙袋练几拳。怎么样，你看起来不大好。"

"你记得我那位朋友吗？就是跟我来喝过几次酒的那位。"

"记得，就他跟你来过。"

"他今天下午死了。"我说。但口气不对。除非死了的这个人真算得上是我的朋友，否则说到他的死，我的口气不可能对。邢志平真的不能算是我的朋友吗？这事儿以前我没琢磨过，现在说到他的死，口气暴露了我的真实感受。但我又的确觉得有点儿不对，实际上此刻我绝非是无动于衷的。"听说是跳楼了。"我说，"我跟他也好久没联系了，正巧今天突然想起点儿事，找别人问他的下落，结果就得到个死讯。"

"真是巧。"他说，"算了，咱们别喝茶了，我陪你喝酒吧。"

我们移坐到一间格挡里。酒馆一共不过六间这样的格挡，敞开式，里面顶多能对坐四个人，是火车车厢那样的格局。此刻没有其他客人。小戴给我们端来了小菜和酒。酒是二两一壶的散装高度酒，我们聊了几个小时，喝了大约有"无数"壶。当然，我喝得多一些。我忘了和对面这位前拳击手究竟说了些什么，但气氛不错，聊的时间长，沉默的时间更长。我肯定说起了邢志平，这毫无疑问，因为他死了，不过是几个小时前的事儿，在我的感觉里，此刻说不定还余温尚存。

"为什么?"他问我,"干吗要跳楼?"

"不知道。"我说,"可能是活够了吧,觉得走到头儿了。"

"没错。"他赞同这个答案,"知道我为什么将那把椅子固定住吗?还有个原因,我把它当成个拴马桩了,我让它拴住我。我害怕一旦没了束缚,我也会一头扎到路的尽头去。"

有时候我们会彻夜长谈。我觉得我喜欢这个前拳击手。一望而知,他那张伤痕累累的脸,就让他显得是个有故事的人。我并不热衷别人的故事,也不热衷一张伤痕累累的脸,我只是喜欢有故事的人。我觉得,作为偶尔的聊天对象,这样的人通常都很可靠——彼此之间不用过多地说明,依靠岁月给予的经验,就能达到某种心领神会的默契。在国内的日子,有些夜晚我就是在这儿度过的。打烊之后仍然不肯离去,那时候,所有的灯都熄灭了,就剩下我们头顶的那盏灯在明明灭灭。有的时候,太阳都已经升起,我们还没散,酒馆老板就穿上曾经的拳击短裤,我们沿着黎明的街道默默地跑上几公里。酒后长跑,在他,可能是出于常年养成的习惯,在我,却完全是拼死一搏的心情。那样的时刻,肉体的能量被压榨到了极致,就像一个极限跑,尽头若隐若现,而我,不过是沉溺于这种"尽头"的滋味。

今晚他不在状态,早早趴在了酒桌上。最后两个客人在半夜两点多钟互相搀扶着走了。小戴锁了门,把椅子一把把放到桌子上,方便第二天打扫。然后她过来坐在自己丈夫身边,用他的酒杯和我干了一杯。我依然亢奋,觉得还能喝下"无数"壶酒。

"我的一个朋友死了。"我说。

"我知道,"她说,"你们聊天儿我听到了。"

"我们俩同岁,差不多生日都是在同一天,他陪我过了两个生日。"我几乎是脱口而出了连自己都觉得有些惊讶的话，"他死了，我就觉得跟自己死了差不多。"

这话很矫情，算是酒话。我和邢志平之间，毫无这种生死之谊。但此刻我也并不觉得是在夸大其词。我只是有些吃惊，惊讶于一个人的死，会在这种程度上波及我的情绪。

"他是跳楼的吗？"小戴为我斟上酒，"你觉得你也会跳楼吗？"

我还真是认真想了一下，如实说："不会。"

我是个酒鬼，在最消极的时候动过死念，但跳楼这种方式，似乎不在我的选择之内。

"那你们没有可比性，不要硬和自己联系在一起。你不要给自己这样的暗示。"小戴点起了一支烟。在我眼里，她也是个有故事的人。"可能的话，你该去了解一下他为什么要去死，这样你就知道了，死和死可能并不一样。"她说。

"会不一样吗？"我固执起来，闷头喝下自己的酒，"死都是一样的，不一样的只是死法儿。就好像，路都是不一样的，但所有路的尽头都一样。"

小戴凝眉思考，过了一会儿她认可了我的固执。"好像也是。"她说，"以前我是个唱戏的，戏里所有的角儿，死法儿各不相同，但在台上表演，我从来都用一种方式。"

于是我们干了一杯。

酒壶空了，小戴去灌酒。我隔着窗子看外面的夜色。路灯下的夜晚，像塞满了破旧的棉絮。我手腕上有表，但我懒得看，我根本不想知道现在几点了。我想可能快凌晨四点了。那么此刻，是新西兰的清晨，儿子该去上学了。

"听首歌吧。"小戴拿着酒壶回来，"郝蕾唱的。你听过她唱的歌没？"

"没有。"

"是个演员，不怎么唱歌，这首歌是她主演的电影里的插曲。"

"听听吧。"

"是电影原声，我看片子时候用手机录的。网上有单曲下载，可我还是愿意自己录下来听。"

"这有什么差别？"

"不知道，反正我喜欢这么干。你会喜欢这首歌的。"

"听了才知道吧。"

"可能我是喜欢自己录制出的那种毛毛糙糙的声音吧，听的时候，就能想起当时看片子的感觉，那个时间段，算是我自己的，不像下载的，是公共资源。烟缸呢？"

我们找了找烟缸，刚才它还在桌面上。原来在老板的怀里，他趴在桌上睡觉，不知道什么时候把烟缸划拉进了臂弯里。桌面上有很多烟头烫下的疤痕，酒鬼们喝到最后，从来就不会去找什么烟缸。

"你还喝得下去吗？今天晚上你喝得不少了。"她摸出自己的手机，在上面翻找那首歌。

应该是喝得不少了，但我觉得自己还行。在这里喝酒，我从来不计算斤两，只用自己的酒意来估量，每次结账，都是固定的三百元，这是个衡量我酒意达到饱和度的指标。我觉得这很便宜，用三百块钱就可以获得一个夜晚的安慰。"喝着看吧。"我说。

"我只能再陪你喝一壶了，前面陪其他客人喝了点儿。好了，找到了。"

对我笑吧笑吧
就像你我初次见面
对我说吧说吧
即使誓言明天就变
享用我吧现在
人生如此漂泊不定
想起我吧将来
在你变老的那一年

手机录制的效果不尽如人意，歌手的发音也是含混的风格，节奏很快，里面夹杂着隐约的喘息，不知道是电影的原声还是录制的环境使然。

过去岁月总会过去
有你最后的爱情
过去岁月总会过去
有你最后的温情

"真好听。"小戴说。

所有的光芒都向我涌来
所有的氧气都被我吸光
所有的物体都失去重量
我的爱已经走到了所有路的尽头

我给自己斟酒，酒水漫出酒杯。最后总是这样，喝一半洒一半。我把酒杯举在嘴边仰头喝下，又有一半倒在自己的下巴上。

"所有的氧气都被我吸光。外面儿现在就缺氧。这段你能听清吗？——我的爱已经走到了所有路的尽头。"小戴给我提词儿。

"你一说我就听清了。"我果然听清了，最后那一句的发声，像一个悠长的叹息，以一个类似"啊——唉"的气声休止。"再放一遍。"我说。

小戴又放了一遍。

她说："如何？"

我和她干杯，说："我还想听一遍。"

"想起我吧将来，在你变老的那一年。这句我也喜欢。"

"再放一遍，我慢慢听得懂词儿了。"

于是小戴按下了循环播放的模式。她独自喝下一杯，问我懂不懂她干吗要放这首歌给我听。我只得点点头，我觉得我好像是懂。

"我都快已经走到了所有路的尽头——这就是你那位朋友的问题，他走到头儿了。"

"为什么？"

"所有的氧气都被人吸光了嘛！不过他可能死得并不痛苦，喏，他一定也有过跟谁的初次见面，有过跟谁的最后的温情。"小戴说，"妈的，就是这么回事儿。"

我吃了一惊，不知道是因为她给出的答案，还是因为"妈的"。

"喂，"她说，"如果你困了，就拼张桌子睡，这儿挺暖和的，暖气不错。"

"我想还是回去睡吧。"今天有些特殊，前拳击手先趴下了，还死了个人。我想我不能通宵留在这里了。

"你没问题吧？外面儿现在的空气你得花双倍的力气才能挤回去。"她朝窗外看了看，"像是有群看不见的胖子横在路上。"

"没事儿。我觉得这回天亮的时候，我最好在自己的床上醒来。"

"为什么？这回有什么不同吗？哦，你刚死了位朋友。"

"可能是的。嗯，就是，没错。人有的时候，完全被某些看似无关的事儿决定。你有过这样的时候吗？——突然发抖，原因却只是，也只是：黄昏突然变得明亮，因为正有细雨落下。"我感到了自己的酒意，它突然达到了"三百块"的那个强度。而神奇的是，此刻窗外似乎真的也突然随之一亮。但是，没有细雨落下。我在饱和的酒意中，依然格外清醒地意识到，这个有关明亮与细雨的说法，是邢志平曾经说给我的。邢志平曾经告诉我：当年他去大学报到，第一次出门远行，孤身一人坐在火车的车厢里，向车下送行的父母挥手作别，火车启动的一刹那，昏暗的车厢突然变得明亮，因为车外正有细雨落下。于是随着细雨的降落，随着火车的启动，他开始瑟瑟发抖……他把突然的明亮和突然的细雨，看作是自己突然发抖的原因。"可这能成为突然跳楼的原因吗？"我喃喃地说。

"如果真想知道，你就去找一下答案。"小戴说，"不过你真的不会也从楼上跳下去吧？嗯？不会吧？"

"不会。"

"那就好，千万别！觉得难过，就来喝杯酒。喝酒就是有这点儿好处，它能让你觉得路还没到头儿。"

"说得真好。"我由衷地说。我酗酒，这是我如今一切困境的总和。对此我无法给出一个说得过去的理由，但小戴的这句话，我觉得充分极了，她响亮地给出了一个理由。这就是和有故事的人一起喝一杯的意义所在。

"我再给你灌一壶，再给你装点儿花生吧。不过拎着上路，人家没准会把你当成个送外卖的。"

"不用了，我喝够了。"

"说不定回去你酒瘾又上来了呢。"

"不会，谢谢你。"

我摸出三百块钱递给小戴。走出去的时候似乎真的是迎面和一个隐身胖子撞在了一起。小戴隔着窗子向我摆手。往家走的时候，我脑袋里飘荡着那首歌的旋律和零星的歌词。"我都快已经走到了所有路的尽头。"啊——唉！

我回到家里，并没有直接上床。家里还有半瓶紫轩葡萄酒，我对着瓶子喝了一口，觉得是喝了口糖水。然后我还画了会儿画，最后不知不觉地昏迷过去。

二

醒来的时候，我发现自己躺在房间的地板上，颜料蹭得全身都是。这一刻，是我生命中那些最宁静的时刻。我静静地躺着，心神澄明。渐渐地，意识在恢复。房间渐渐变得明亮。我举目看向窗子。果然，窗外有冬雨正在落下。雨水混浊，但依然将窗玻璃冲刷出了细密的水痕。

我觉得自己现在就是一个对世界毫无概念的儿童。没有恐惧，没有热望。有的，也许只是一点点的好奇。

我躺在这难得的时刻里，脑子里渐渐全是死去的邢志平。这谈不上回忆，没有回忆之时那种应有的情感温度。我只是不自觉地被一些意识填满。

　　在我们其实并不多的交谈中，邢志平最多对我提及的，大多是他的童年。第一次我们一同过生日时，他对我说，在很多时刻，他都觉得自己是个期望不被世界惊扰的儿童。但不被这个世界惊扰，绝对是个奢望。他说他从小就是个好孩子，比如说考大学这件事，母亲让他报考生物专业，父亲让他报考历史专业，为了讨好他们两个人，邢志平就两个专业一起报，结果却录取到中文系。那一年，周围邻居的孩子们被大学录取的寥寥无几，而邢志平家，却可以像在菜市场买青菜一样地挑拣专业，他的父母根本不用担心自己的儿子是否会落榜。

　　可能这对父母也认识到他们的儿子真的太令人省心了，如今离家求学，反倒要令人担忧。最后他们决定让儿子只身一人去学校报到。他们的逻辑是：该让邢志平自己去广阔天地中经历风雨了，作为第一次历练，就让从未出过远门的儿子，一个人跨越上千里的路程，走进大学，走进风雨。

　　父母的决定让邢志平惶恐。他给我回顾了自己的成长经历，说他真是一株温室里的花朵——居然从来没有一个人离家超过三十公里。而且，唯一的那次三十公里的"远行"，还给他留下了灾难性的记忆。十岁那年的暑假，他被送到三十公里以外的外婆家住。外婆的一位邻居，一个中年女人，每次见到邢志平，都会像一只老母鸡似的，张开翅膀，咯咯咯地扑过来，不是在他脸上拧一把，就是在屁股上拍一下。邢志平幼小的心灵对这种骚扰非常憎恶。他天生是一个内向的孩子，排斥开玩笑，更排斥恶作剧，他很羞涩，过分的亲昵比过分的冷淡更能令他不安。那一天，这个母鸡般的女人又一次袭击了邢志平。她用一只粗糙无比的手按住邢志平的肩膀，控制住他，另一只粗糙无比的手闪电般地直插邢志平的短裤，挤进去，在他的小鸡鸡上凶狠地揪了一把。这太令邢志平震惊啦，一颗幼小的心几乎滴下血来。邢志平认为自己蒙受了奇耻大辱，在十岁的年纪上就痛不欲生。于是，他采取了激烈的报复——把鼻子里的鼻涕吸进口腔，充满仇恨地吐出去，飞向那张咯咯大笑着的嘴里。这口鼻涕是儿童所有的勇气，随着它的离去，邢志平一下子丧失了全部斗志。他飞快地跑掉。他需要远离魔鬼的视线。于是邢志平挤上了返城的长途客车，擅自离开了外婆家。三十公里的路，对于一个十岁的儿童意味着什么？一路上邢志平恐惧万分，诸多邪恶的童话和传说在脑袋里此起彼伏，让他对自己的行为后悔莫及。他说他宁愿没有那么豪情万丈地反击过魔鬼，甚至觉得那个女人也没有那么令人厌恶，被她揪了一下小鸡鸡又如何呢？如果可以让一切都像没发生过一样，他甚至宁愿被她再揪一次。一进家门，父亲在惊愕之余，却爆发出了令邢志平终生难忘的愤怒。他满以为回到家里就会得到安慰，就会成为父母的甜心宝贝，就会重新去做回一个无辜的儿童，未曾想到，得到的却是一顿疾风骤雨般的痛打。那个父亲的确是被吓坏了，儿子的自行其是让他后怕不已，他不得不用痛打儿子一顿来舒缓自己的情绪。

邢志平对我说，儿童时代的他做下这样鲁莽的事情，有理由吗？没有。他怎么能够说出理由呢？那是多么令人难于启齿，他该怎么去给父母形容那个女人？怎么去诉说她卑鄙无耻的行径？怎么形容这个世界所能给予人的那种惊扰？他说不出口，只好被痛打一顿。当天夜里邢志平就大病了一场，患上了严重的肺炎，高烧不退，在高烧里噩梦不断。从此，就落下了病根——每当面对重大的心理危机，他心理的负担就会转化为生理的疾患。

如何去大学报到，邢志平只能接受了父母的决定。乖孩子无法违抗父母的安排，只有怀揣一颗惶恐的心，踏上未知的远方。

邢志平说，他永远记得自己孤身一人坐在车厢里，苦着脸，向车下的父母挥手作别的情景。火车启动的一刹那，昏暗的车厢突然间变得明亮。因为黄昏中的车外落下了细雨。随着细雨的降落，随着火车的启动，他开始瑟瑟发抖。他发抖，首先是基于恐惧，然而除了恐惧，还有其他明确的原因。他说他可以感觉到心里面确凿地存在着某样东西，它让他颤抖不已。邢志平不知道那是什么，但这个家伙根深蒂固，不以人的意志为转移。

…………

我听到一种"嗒嗒"的声音。过了很久，我才意识到这是自己在轻微地发抖——我的右胳膊肘压着一支画笔，随着我的颤抖，它一下一下地和地板撞出"嗒嗒"之声。我知道我的颤抖是由于酒后身体的失控，但此刻我也分明地感觉到了，有一个莫须有的家伙，瑟缩在我的体内，和酒精的余威一起，共同使我觳觫不已。

看了看时间，已经是下午两点了。我爬起来，脱下身上被油彩搞脏的衣裤，统统扔进垃圾袋里。我依然在发抖。进了卫生间，打开淋浴喷头，咬咬牙，将赤身裸体的自己置身在冷水的冲刷中。很奇怪，被如此严厉地折磨，我却不抖了，只是激烈地打着冷战。这完全只是生理上的反应了。冷水像刀刃切割着皮肤，我紧紧闭上眼睛，体会着那种濒临绝境的"尽头"的滋味。

冲完冷水澡，刮了胡子，我给自己冲了杯咖啡喝下，然后穿起衣服出门。在楼下的银行，我向新西兰转了三万美金。这是我最近卖画的收入。现在应该是新西兰黄昏的时候了。我想打个电话给妻子，但想一想还是算了，好像我此刻浑身散发出的那种宿醉的气息，都能被她从越洋的电话里闻到。我不愿意让她知道我依然酗酒。我回到国内最大的借口就是，我想让她相信，只有在中国，我才有可能戒掉酒。我的妻子是白种人，她不会理解一个中国酒鬼的悲伤。这不能苛求她，她无法分辨一个中国酗酒者与盎格鲁-撒克逊酗酒者之间那种巨大的不同。她的同胞也有这样的麻烦，在新西兰，有专门为酗酒者组织的团体，通过彼此交流，通过专门辅导，甚至通过神父，来帮助这些倒霉的家伙。但这些对我都无效。我试过，曾经成功戒酒一年多的时间，但是，后来又喝上了。没有什么诱因，如果非要说有，那么，就是"突然间黄昏变得明亮，因为此刻正有细雨落下"这样的一些理由。

我知道有个家伙蛰伏在我的身体里，它会在任何这样的"突然"时刻，爬出来，荼毒我的生活。

我进到一家卖砂锅的小餐馆，为自己要了份什锦砂锅，一边吃，一边把电话打给了褚乔。褚乔是我的校友，在国内，是不多几个和我保持着联系的人。昨天就是他告诉了我邢志平的死讯。我在电话里问他在哪儿，方便的话我想去和他见一面。他说在学校。

吃完砂锅我动身去自己的母校。老褚毕业后留校了，现在已经是副校长。

雨停了，但空气像是混了沙子的水泥，更加显得沉甸甸的。出租车司机一边诅咒着，一边拉低自己脑袋上的棒球帽，我不由自主也摸了摸自己的脑袋。但是一无所获，出门时我忘了戴一顶帽子。

我的母校是一所师范大学。如今这里只是研究生院了，本科生都迁到了新的校区，里面早已不复从前，但校门依然是从前的样子。幸亏如此，否则我将很难再给自己找到一些情感上的依据。我对母校有情感吗？不知道，但有个依稀相识的校门，总比没有强。有个老旧的校门，对我一点儿伤害都没有，而钟情与否是另一回事。这个国度如今我都难以辨认了。这个世界，越来越不由分说地将人变成一个寄居者。

老褚的办公室在一栋老楼里。进去的时候他刚送走一位来访者。

"又死一个。"他倒了杯茶给我，"不过是位老先生，刚才就是家属来报丧。这空气，一到冬天就得死很多老人。"

"这些事儿都得你管？"我盯着眼前的老褚，他是学国画的，当年便才华横溢，是学生中的翘楚。我是说，他原本能成为一个杰出的画家。

"做行政了，就是这些鸡毛蒜皮的事儿。"

"邢志平的事你是怎么知道的？"问完我才恍悟，原来老褚还当着校友会的主席，"谁跟你汇报的呢？"

"尚可，你可能不知道这个人，文学院的教授，当年是邢志平的班主任。"

"怎么校友死了也要给你汇报吗？"

"怎么会。"他说，"可能是想让我通知一下大家吧，看看有没有人愿意出席葬礼。"

"葬礼是什么时候？"

"明天。怎么？你要去参加？"他狐疑地看着我，"你们没那么熟吧，他是中文系毕业的，连我都不太熟。"

"不熟。可他生日跟我差不了几天，我们一起过了几个生日。"

"过生日？"老褚眼睛亮了一下，"你们这是唱的哪出？"

"他可能是从同学录上看到了我的生日和联系方式。于是某一天，突然给我打来了电话，约我一同过生日。"

"真有意思，这个人真他妈有意思。"

我点点头表示认可。"昨天给你打电话问他的下落，就是因为我生日又快到了，却没了他的消息。他的手机无人接听。"

"你什么时候打给他的？"

"打给你之前。"

"那当然无人接听了。有人接听才叫吓人。"他说，"你们俩还真是心有灵犀。没准他就是挑了这么个日子去死呢。"

"也许是。可他干吗非要去死？"

"路走到头儿了呗。"他的这句话让我一怔，"没什么好奇怪的，所有自杀的，都是路走到头儿了。当然，各有各的路数，但殊途同归，不管你的来路是什么，归途都是一样。这些年咱们同学中又不是死了一个两个，每年都有几个走到头儿的。"他可能意识到了自己口气的不妥，顿了下，继续说，"不过邢志平这事儿还是让我有些惊讶，我想可能他的确是不堪病痛了。"

"他有病？"

"你不知道吗？我以为你比我更了解他一些呢——毕竟你俩还一起过生日嘛。"他坏笑起来，"我也是偶然知道的。我老婆是个大夫，有一次咱们校友聚会，邢志平摸出张化验单让我老婆看。原来是张'乙肝'检测单，其他项目都盖着'阴性'的戳，只有'表面抗体'一项，被敲上了'弱阳性'。邢志平就是针对这个'弱阳性'向我老婆求教的。我老婆很专业地告诉邢志平，没事的，一点儿问题都没有，放心吧，以前注射过乙肝疫苗吧？这个结果只是说明体内抗体的数量不够了，接着再注射一次疫苗，那样就恢复常态了。"

"就这点儿病？他会为这个去死？"

"当然不是。当时我也不知道他正面临更大的麻烦。这次聚会，邢志平亮出的那张化验单，就是手术前常规检查的一项结果，可能那时候，他已经知道了自己身有重症，可能他接下去，还很想跟大伙说说他的恶疾，但却让我给堵回去了。"

"堵回去了？"

"邢志平这个人我并不熟，读大学的时候大家不是一个专业，只是这些年在类似这种聚会中见过几面，才彼此有了些印象。"他做了个没什么意义的手势，"说实话，我对此人的感觉一般，究其原因，无外乎他看起来比我们大家都要混得好一些。当天他在得到我老婆的点拨后，神色并没有释然。他这个人总是这样子，每次聚会都是一副落落寡合的模样。对此，大家只能这样理解：富人嘛。这样说起来，做一个富人也委实有些难，愉快了不对，忧郁了也不对，反正大家多少都会觉得一个富人不怎么顺眼。基于这种心理，我就认为邢志平不太地道了，喏，我老婆给他的起码算是个好消息吧？就算他是个富人，对于一个好消息也该有所表示吧？笑一下，或者起码把锁着的眉头舒展一下，不过分吧？何况，我老婆在给他解答的时候，的确是称得上热情啦。所以当时我拍了拍邢志平的后背，张口便来了一句，我说，老邢你现在就是个'弱阳性'男人。"

"弱阳性男人？"我重复了一遍这个称谓，眼前浮现出邢志平的样子。的确，记忆中这个毛发柔软、脸色白净的男人，实在是，太弱阳性了。

　　"这句话当然算是个玩笑，一出口，我自己觉得堪称神来之笔。用'弱阳性'来定义邢志平这个人，实在是很恰当的。"老褚叹了口气，"当时其他人都夸张地笑起来，笑得是有些离谱了，超出了一个玩笑所限定的那种程度。没办法，谁让邢志平看起来比大家都要混得好一些呢？"

　　"他跟我说过，他从小就是个排斥玩笑和恶作剧的人。"

　　"是吗？可你看，外面儿现在这空气，里边除了有害颗粒物，大概就是玩笑和恶作剧了，有什么超级仪器的话，肯定能检测出来。除非他不呼吸，否则只能接受。"

　　"有点儿道理。当时他是什么反应？"

　　"还好吧。他也笑了。原来他一笑，居然会显得那么温顺。"我觉得老褚不知不觉严肃起来了，神情似乎有些伤感。

　　我的身后挂着一幅油画，应该是毛焰的作品。这位画家的画风我很喜欢，作品中极端的技巧主义倾向彰显了画家卓越的感受力，我觉得这种家伙，从某种意义上讲，和我、和邢志平都是同类，都是那种会为"天空突然变得明亮"而颤抖不已的家伙。顺着老褚的目光，我回头看了一眼，一看之下，不由得大吃一惊。身后这幅油画中的人物，像极了我们正在谈论的邢志平——毛发柔软，脸色白净，两条宛如鹭鸶一般的长腿，有点儿像个谨慎的吸血鬼。我不自觉将坐姿调整了一下角度，让我显得像是介于某个三人对话的格局里。我难以忍受自己的背后还站着个人。

　　"我发现，把邢志平放在戏谑的气氛中，他一下子变得比较让人顺眼了。如果我们把一个看起来混得好一些的人调侃一番，我们与这个人相处就会和睦不少。大家都觉得自己的腰杆在邢志平面前硬了一些，贬损了他作为一个富人的优势。"老褚继续说，"但是，在对邢志平实施了这种比喻意义上的暴力后，我突然感到了一阵内疚。邢志平一边温顺地笑着，一边抖动那张化验单，那样子，挺让人不忍心的。"他闭了会儿眼睛，仿佛难以面对我身后的那一位。"但是，我也没办法跟他太亲昵，一来大家并不熟，二来跟一个富人亲昵是要冒舆论风险的。"他说。

　　我再次回忆邢志平。的确，第一次见到这个人，我也是在校友的聚会上。他出现在大家面前，这个白白净净的商人让大家感到陌生，没人知道是谁邀请了他。后来总算有人想起来了，拉着人小声嘀咕：邢志平，他是邢志平，八九级的，现在牛×了，是个书商。这样邢志平无形中就成了聚会中的异类。在一群"不牛×"的人当中，一个"牛×"的人有什么好果子吃呢？况且，他还是个书商。师范毕业，这帮留在国内的同学，大多是吃书本饭的，饱受出书之苦，如今一个书商混了进来，他们没理由不冷眼相看。邢志平坐在角落里，安静地听着昔日同窗们对时代发牢骚。有时候他也会主动和人交流一下，比如摸出张化验单向老褚的老婆请教。

　　"这类聚会上有一个重要的内容，就是老同学们扎个堆，互相收集笑话，在要解闷的时候不至于张口结舌。所以大家普遍地言辞轻佻。"老褚像是在自责，"我就是在这样的气氛之中把邢志平说成是一个'弱阳性'男人的。但是邢志平的温顺让我内疚了。也许对于一个'牛×'的人心生恻隐，是一件能令我沾沾自喜的事？谁知道呢。"

"他究竟得了什么病？"

　　"乳腺癌。"老褚说出了一个令我匪夷所思的病，"吓了一跳吧？我也被吓了一跳。是我老婆告诉我的。后来有一天我老婆回来对我说：你们那个'弱阳性'同学生病了，就住在我们医院。我想了一阵，才明白我老婆说的是邢志平。我老婆说邢志平刚刚切除了一只乳房。据说，这种手术每实施两万起，才有一起是落在男人头上的。真背，这样的彩票也能被邢志平中上。"

　　我感到自己又抖起来。我想到了自己曾经的某个手感。我的手，曾经被邢志平拉到他的胸口……

　　不错，一个男人的胸口，空空如也，还会怎样呢？可我当时极度震惊。现在我知道了原因——原来，那手感是太空空如也了，超过了一个男人胸口的空旷，我觉得，我是直接摸到了荒芜。

　　"知道了实情，我就不免自责了，捉弄一个身有疾患的人，算个什么事呢？我多少有些不安，都觉着是自己那个'弱阳性'的比喻诅咒了邢志平。要知道，男人的乳房虽然比起女人来，风险小得多，可一旦发作，恶化的速度和程度都要比女人高得多。我老婆告诉我，倒霉的邢志平住在医院里却并不悲观，起码没有怨天尤人的意思，证据是，邢志平替一名素不相识的农村妇女承担了高昂的手术费用。那个贫穷的妇女，生命就像发生病变的乳房一样岌岌可危。是邢志平拯救了她。后来我买了个花篮去医院看望邢志平，这是我能对他表现出的最大的善意了。"老褚摊开手说，"没办法，我只能做到这一步了。谁能想到，最终他还是没挺过去，干脆在昨天一死了之了。"

　　"这可能就是他的死因了。"

"也不一定，他出院后还参加过校友的聚会。何况一个男人没了乳房，在我看来也不是什么要命的事儿。谁知道呢，我只是这么猜测。"

"明天你去参加葬礼吗？"我问。

"去吧。本来明天我还有其他事儿，不打算去了。可是跟你这么说了说，我还是决定去送一下吧。"老褚突然感慨道，"我们这代人挺不容易的……"

他说到了"这代人"，突然就赋予了邢志平之死某种普世的况味。我觉得没什么好说的，问了下葬礼的具体地点，起来和他握手告别。出门的时候，他叮嘱我快些送他幅画儿，说我答应他好久了。

三

时间还早，我不知道该怎么打发自己，在路上独自走了一会儿，还是打车回了家。本来我打算画会儿画。画架上的那幅作品已经到了收尾的阶段，我想画到天黑前，没准我能完成它。但是我无法沉浸到绘画中去。我感到有些焦灼，在房间里四下走动。

这套房子是我回国后租下的，一百多平方米，足够安顿下我的一张床和我的画架，搬进去几箱子酒，也不在话下。房子估计有二十多年的历史了，当初那个年代，一百多平方米的房子，绝对算是奢侈。但如今却很是破旧。主要是环境不好，周边的治安、交通都很差，更像是被城市遗弃的一块飞地。不是我租不起更好的画室，我的画儿卖得还不错，是这种"飞地"的气息，更加符合我归国时的预期。否则我可以去北京或者上海，而不是回到这大县城般的兰城。

在房子里转了许久，我终于出门在楼下的小超市里买了瓶酒，半斤装的小糊涂仙。重新上来后，我觉得自己踏实多了。这会儿我并不是特别迫切地需要酒精，但有瓶酒放在手边，就令我安心了不少。我打开了电脑，有几封电子邮件，妻子告诉我已经收到了转去的钱，我的画商催促我早些完成预售出去的作品。我觉得他们就像一对均衡的括弧，完整地括定了我如今活着的价值。

有人敲门，是速递员。我开门接了包裹，是一些画廊寄来的画册。对这些画册我毫无兴趣，倒是包裹上贴着的字条令我瞩目：亲爱的速递员，您辛苦啦！不是吗？很人性化。

这让我倏忽地想起了邢志平。我想，邢志平走进我的世界，就像一件突如其来的速递包裹，本来我对里面的内容并无兴趣，但是他却披着件很人性化的外衣。他在一个黄昏拨通了我的手机，开口便祝我生日快乐。我花了些时间才隐约想起，电话那头的人，是我的一位校友。他说他第二天愿意来和我一同过生日——"提前一下也无妨，我们一起过吧，我只比你小两天。"他说，"你一个人在国内，肯定很寂寞。我们可以一起喝杯酒。"我不能确定自己是否需要有个人来陪着我过生日，当然，我很寂寞，可是，这寂寞还用不着以这种方式来排遣。是他最后那句"喝杯酒"的倡议打动了我。当时我自己正在独饮。那么，干吗不呢？

于是，第二天邢志平便出现了。我们约在那家咸亨酒馆见面。地点当然是我定的，见面之前我不能确定他是否找得到，我想，十有八九，他会被我栖身的这块飞地复杂的地理环境搞晕的。这像是在考验他的诚意，也说明对于他的赴约，我并不抱多大期望。孰料他却如期推开了小酒馆的门。那时我已经在里面落座了。他推门进来，在我心里居然唤起了某种久违了的温暖。这可能的确是有些出乎我的意料，也可能的确是我太寂寞了，这种凭空而来的陪伴，一下子打动了我。

我们并不熟，甚至可以说成是两个陌生人，但正是因此，和他相对而饮，却令我感到非常舒服。我们之间流动着一种完全透明的熟稔，不用废话，就是一杯浊酒尽余欢，相逢何必曾相识。我想，这可能也是邢志平所需要的状态。那么，他也很寂寞吗？我想是的，这毫无疑问。他的酒量很一般，几杯酒下去，便已经满脸猩红。我让他不必勉强，他也很听劝，举杯郑重地和我碰了最后一下，再次祝我们生日快乐，一饮而尽后，就再也不喝了。他只是热烈地注视着我，仿佛专注的态度也是烈酒，聚精会神，也能让他酣醉。没人会觉得我们这两个中年男人是在一同过生日，那很滑稽，在别人眼里，我们不过是一对儿酒鬼。这很好，也足够了。

我喝着酒，邢志平跟我讲起了他的童年，讲起了他当初离家踏上求学之路时的心情。我在酒意中感到他的叙述似乎能够和我的某些经验重叠。和他一样，我也是个从小内向的人，很羞涩，过分的亲昵比过分的冷淡更能令我不安。他十岁那年的逃离之路，堪比十几年前我的出国之路。那时候，我也一路上恐惧万分，脑袋里此起彼伏着诸多与邪恶的童话、传说相仿佛的想象，在飞机上，我也曾对自己的行为后悔莫及，甚至宁愿没有那么豪情万丈地反抗过什么，甚至觉得过去的一切也没有那么令人厌恶，"被揪一下小鸡鸡又如何呢？"如果可以让一切都像没发生过一样，我也甚至宁愿回去被揪一辈子。同样，当我落地异国的时刻，世界迎接我的，也不是那种我所期待的安慰，毋宁说，迎接我们的，都是一顿疾风骤雨般的痛打……

这听起来有些伤感。可我并不想唏嘘喟叹。好在邢志平的情绪也很矜重，完全符合我喝酒时需要的气氛。我们只是有一句没一句地陈述，就像酒的主要化学成分，高级醇，甲醇，多元醇，醛类，羧酸，酯类，酸类……除此之外，它并不含有什么诗意或者悲喜。

分手的时候，邢志平塞给我一块石头，说是他自己从新疆捡来的和田仔玉，品相不错，可能不值几个钱，但觉得用来给我做生日礼物挺不错。这让我有些不知所措，我想不到还会有生日礼物这个环节。我收下了这块石头，然后告诉他，对不起，我没给他准备什么，但是下个生日我会补上。这样就算是预定了我们第二个生日的相聚。

其后一年我们彼此再无联系。邢志平在来年的生日之际，如期而至，在电话里向我说：我来要我的礼物了。

我觉得这很好玩。我们再一次相聚在咸亨酒馆，这一回，我送了他一幅小画儿。这幅画儿有些色情，尽管绘画语言含混，但谁都看得出我是画了一只大猩猩和女人交媾的场景。邢志平看到的那一瞬间脸色突然变得不自在。我想，如果不是脸上已经有了猩红的酒色，他的脸一定会变得煞白。他的反应令我不解。我觉得，即便不喜欢这样的作品风格，他也不至于要勃然变色。他呆愣了很久，镇定下来后，对我说，他此生目睹到的第一个性爱场景，和我的这幅画如出一辙。这时候他已经平静如初，而我，也无意探究他的成长史。我说，如果不喜欢，我可以换一幅给他。他却断然否定说，不，他很喜欢。

有来有往，我和邢志平之间，这样就似乎达成了某种约定俗成的交情。

　　接下来我们又见过一面。他在一个深夜突然敲响了我的房门。他从未来过我的画室，记忆中我也不曾跟他提及过具体的位置。那么，他是如何找到的呢？这个答案现在只能永远未知了。那时我已经烂醉如泥，我都记不得是怎样开门放他进来的。我只记得，在间歇性清醒的那些短暂时刻，我发现身边有个人怡然地和我并排躺在满是油彩的地板上。我觉得我是出现了幻觉，因为那时我在天花板上看到了高峰之下的村寨和蓝色的天空，耳朵里也听到了时远时近的鸽哨。我的内心里，涌动的那一种情感，苍老而遥远。在半醉半醒的昏沉中，我恍惚看到邢志平俯在我的头顶，目光充满柔情，令人心旌摇动。我有一种即将被人亲吻下来的预期，我甚至已经能够预知那样的亲吻——嘴唇冰凉而柔软，多情而缠绵。有一只手在一寸一寸地抚摸我，腋下，胸膛，肚脐，直到腹股。我的欲望逐渐被唤起，浓稠到不能自已。在欲望决堤的最后时刻，我的一只手被拉在了一个胸口上。这令我瞬间惊厥般地抽回了自己的手，强烈地表达出了拒绝的姿态。我觉得自己陡然触摸到了无尽的荒芜。那种手感太惊人了，仿佛一下子摸到了死亡本身。然后，我就听到有人踉跄着逃离了我的画室。那个人衣衫不整地冲出我的世界，也许我们的泪水，还在一刹那各自汹涌。

　　这更像是一个梦。不是吗？它终究是发生在我的醉酒时刻。迄今，我依然怀疑它的真实性。我对自己的性取向从来没含糊过。可我，也不能将此仅仅视为一个性梦。第二天清醒后，我想过要给邢志平打个电话，但最终还是放弃了。某种不是隔阂又胜似隔阂的情绪控制了我。我开始疑虑，这个邢志平，还会再次出现吗？今年的生日眼看到了，我不由得主动联系起他。但是，他却死了。

今天，老褚告诉我，邢志平割除了乳房。于是，我的那个记忆中的手感被鉴定了。

天色暗下来了，房间里松节油的气味格外浓烈。不知为什么，每天这个时候，我都会觉得松节油在拼命地挥发着它的气味。我有些怔忡地看着自己手里的空酒瓶，原来在不知不觉中，我已经喝光了那瓶小糊涂仙。

我本来不打算多喝，明天一大早要去参加葬礼，我想我不该带着一身的酒意。但是此刻我只能站起来出门。一路上，我反复对自己说，一壶，就一壶。

这会儿还有些早。酒馆老板不在，小戴告诉我他去买菜了。

我说："就一壶，明早我要参加一个葬礼。"

小戴为我端来了酒。"是那个跳楼的朋友吗？"她问。

"是的，是他的。"

"搞清楚他跳楼的原因了？"

"没有。可能是因为得了重病吧，谁知道呢。其实也都无所谓了，反正人死了。"

"什么重病？"

"乳腺癌。"

"乳腺癌？"小戴咯咯笑起来，她可能把这当成了个玩笑。"我看你其实并不觉得无所谓，你心里想知道他为什么要去死。"她说。

"是吗？"我喝了杯酒，居然被呛住了。那么好吧，是的，我想知道他为什么去死，想知道他的路是怎么走到头儿的。莫非，对于他的死的追究，就是对于我的结局的预先眺望？谁知道呢。
"再给我放放那首歌。"我要求小戴。

"好。"小戴说着坐到了我的对面。

音乐响起来了。对我笑吧笑吧，就像你我初次见面。

"我有过一个前妻。"我说。

"哦？没听你说过。"

她当然没听我说过，我很少跟谁说我的私人生活。而除了私人生活，我们的公共生活也没什么好说的。毋宁说，我不跟人说生活。

"我们初次见面是在丽江，嗯，在束河。她也很爱对我笑。"我说，"那时候的束河，还不是什么旅游胜地。"

"艳遇圣地。"她纠正我。

"如今束河是艳遇圣地了吗？这个我倒不知道。"我使劲想了想，白云和鸽哨在脑子里回旋，"当时可不是这样，就是个保留完好的古村落。这呻吟的声音是电影里的吗？"

她一怔，想不到我换了话题。"不是吧，好像是我的声音。"她笑起来，"当时可能我们边看片儿边做运动了。"

"好听。"

"歌还是呻吟？"

"都好听。"

说完我起身离开。我已经飞快地喝完了一壶酒，那首歌播放了不到两遍。我怕逗留下去，又会是一个宿醉的夜晚。

四

兰城的殡仪馆在山上。葬礼时间是早晨八点钟——据说这样能烧第一炉。我到得早了些。昨晚我睡得并不好，没有醉意，我反而辗转反侧。后半夜我干脆爬起来又画了会儿画。

天还没有亮透。山上的风格外大。有几个也到早了的，和我站在殡仪馆院子里的晨曦中彼此打量。也许都是校友，但大家对于自己的角色都拿不准。他们谨慎地看着我，好像那个即将被烧第一炉的人应该是我。看来真是来早了，大清早的山上，谁能对什么事情有把握？

老褚到了的时候，那间告别厅的大门正缓缓打开。他冲我点了点头，和我并肩向里面走。这时候我才发现前来参加葬礼的人并不少，可能有二十几个人。当然，算不得盛况空前，但也超过了我的估计。一些躲在晨雾里的人簇拥着浮现，面目模糊，鱼贯而至。人群进去后自动地分成了三排，我和老褚站在了队列的最后面。

邢志平的照片挂在灵堂的中央。如果我不是来参加他的葬礼，我可能不会看出这张照片和邢志平的关系。在我眼里，这张照片说成是任何人的，似乎都交代得过去。照片是黑白的，上面的人很年轻，也许就是一张曾经用在学生证上的照片。上面的那个年轻人，穿着白衬衫，扣子一直系到最上面的一颗。这就是一个二十世纪八十年代所有学生的概括，羞涩，单纯，你还可以说眼睛里"闪耀着理想主义的光芒"。这种感观，当然也许还是因为我和邢志平的确不算很熟，毕竟，我们有限的几次相聚，都是在光线昏暗的酒馆里，都是在酒意的蒙眬中。

没有亲友主持这个葬礼。一个殡仪馆的工作人员扮演了主持者的角色。他穿着黑西装，戴着白手套，手里有张事先打印好的稿子。开始之前，他先低头预习了几遍手里的作业，看得出也是才拿到手的。然后，他用并不很标准的普通话读起来。他太年轻了，声音的稚嫩，实在不能匹配一场葬礼所需要的那种庄重感。他像是在晨风中朗读课文。这篇课文简略陈述了逝者的生平，将其称为"邢志平同志"。

我在他的朗读声中放眼打量。老褚碰碰我的胳膊，对我低声说："那就是尚可，可能这个葬礼就是她安排的。"顺着他目光示意的方向，我看到了前排那个女人的背影，一头大波浪的长发，给人发质很好的感觉，穿一件浅驼色的羊绒大衣。

哀乐响起，人们开始在主持者的指挥下逐个向死者的遗像鞠躬。我本来以为会有遗体，但是看来没有，不知道是不是因为摔得太烂了。第一个上前鞠躬的，是一对母子。老褚一边和我缓慢地随着队列移动，一边介绍："邢志平的前妻和儿子。"我有些惊讶。似乎邢志平其人，在我的概念里，并不应该具有这些尘世的关系。这当然没什么道理。谁会在这个世上是真的独来独往呢？"她叫丁瞳，也是我们的校友。"老褚低声说。

丁瞳很漂亮，裹在鼻子上的围巾无法掩盖她的美貌。她露出的那双眼睛，一目了然，混合着异族的血统。她身边的儿子，我更加看不出和死者的关系，我觉得说成是谁的儿子都说得过去。这对母子并没有伤痛的情绪，他们默默地在遗像前鞠躬，默默地离开。

轮到我们了。老褚和我并肩鞠躬。这一刻，我的心里没有丝毫感触。不，也许有，我想我是在向照片上的那个八十年代致哀与告别。

其后大家重新回到了院子里。还要等死者的遗体化为灰烬。有些人不知道这个程序，匆匆走了。老褚跟那位尚可老师打了声招呼，问她："骨灰怎么办？"

"先寄存在这里吧，已经通知他家人了。他母亲还活着，过几天会来带他回老家。"尚可说。

这个女人同样漂亮，作为邢志平大学时的班主任，年龄与我们相差无几。这并不奇怪，当年我们读大学的时候，有些老师正是刚刚留校。她很优雅，也性感，有种知识女性那种独特的魅力。我想，她与邢志平之间一定不仅仅只限于师生之谊，没有几个老师会操心学生的葬礼。

老褚说："回去坐我的车吧，我开车上来的。"

她点点头，目光却望向了天边。我们随之仰望。不远处有几根高耸的烟囱，其中的一根正冒出一缕轻薄的烟。我想，这可能就是邢志平在这个尘世最后的那缕痕迹了。果然，殡仪馆的工作人员不久便来告知："烧了。谁跟着去抱骨灰？"

大家面面相觑，不约而同，都把目光投向了那对母子。但是丁瞳面无表情，脸上的围巾裹得更严实了，几乎已经遮住了她的眼睛。尚可吸了口气，上前跟着工作人员去了。不一会儿，她捧来了那只骨灰盒。气氛一下子肃穆了不少，大家跟在她的身后，默默地将骨灰送往寄存处。在这个队列中，我和老褚比较靠前，我俩差不多是紧随在尚可的身后，这让我们似乎和死者的关系拉近了不少。而我此刻想着的是，那只骨灰盒，会因为主人少了一只乳房而变得轻盈了一些吗？

最后，邢志平的骨灰被安顿在了一面墙的寄存柜里。它换回来了一张写有编号的卡片。尚可将这张卡片接下，她犹豫了一下，用目光去寻找丁瞳，但最后还是放进了自己大衣的口袋里。

葬礼到此结束。我和尚可跟着老褚，准备乘他的车回去。停车场还有段距离，走过去的时候，已经有人开起了什么玩笑。上车时，我看到丁瞳母子正在上另外一辆车。他们上去了，也许是倒车有些难度，车上的司机将车窗降下来了一半，观察着外面的路况。这是个留着一脸大胡子的男人。这样的男人平时并不多见，我不免留意了一下。

　　我坐在副驾驶的位置上，尚可坐在后排。

　　老褚向她介绍我："刘晓东，也是八九级的，和我是同班同学。"

　　我转身向尚可示意，她冲我轻微地点了下头。

　　然后他们就说起了学校里评职称的事，两人有着共同的苦恼，都为出版学术著作而犯难，这是评定高级职称必须满足的条件之一。老褚说："我们留在高校的这些人，如今最狼狈。你看晓东，做着自由艺术家，日子不知道比我们舒服多少倍。"

　　我没有接他的话。以我来看，要说舒服，此刻挤在寄存柜里的那一位，才是真舒服。

　　从兰城的山上驱车而下，就是一个不断坠入尘埃的过程。能见度的变化格外分明。回到市内后，老褚不得不打开了车灯。他问我在哪里下车。

　　我却做出了一个决定，回身向尚可说道："尚老师，方便的话，我想跟你找个地方聊一聊。"

　　这个请求让大家都是一愣。连我自己都有些不解。

　　"聊一聊？"尚可显然不明白我的意图是什么。

　　"是，可以的话，我想和你聊聊邢志平。"我觉得这个理由说得过去，我们刚刚参加完这个人的葬礼，他，才是这个上午的主题，而不该是什么评职称的事。

老褚很善解人意，给我帮腔道："对了，晓东和邢志平是好朋友，他俩生日差不了几天，这几年都是一起过的生日。"

尚可和我对视着，终于点了头。"好吧，正好今天请了全天的假。"她说。然后她提议老褚就在前面靠边停车，说这附近正好有一家她熟悉的咖啡馆。

我们从车上下来，今天的空气特别糟糕，路灯在这个时候依然亮着，为的是给昏暗的街道增添些亮光。老褚启动车子前，隔着车窗向我暧昧地挤了挤眼睛。

我跟在尚可身边，我们湮没在雾里。我从网上的新闻得知，今年国内已经历了两次大规模的雾霾，但尴尬的是，目前空气污染的来源尚是一个谜，国家环境监测总站表示，预计明年下半年才能完成各地污染物来源的分析。不是吗？挺神秘的。

这家咖啡馆不远。我们进去的时候里面空无一人。坐定后，才有一个服务生匆匆忙忙出现在面前，给人戛然跃出的感觉。尚可为自己要了咖啡，问我想喝什么。我也要了咖啡。其实不用说，我想喝的只是酒。

咖啡馆里暖气充足。尚可脱下了她的大衣，她的身材保持得不错。我也脱了外套，身材没有发福，但就像个裹了布罩的鸟笼。窗外的雾霾映衬出了这个空间的明亮，给我一种内外颠倒的错觉，仿佛我们此刻是坐在明亮的室外，而窗子的那一边，才是昏暗的斗室。

"你和邢志平是好朋友？"她问我。

"嗯，是的。"此刻我不能再强调我和邢志平之间"萍水相逢"的那种关系。"我们在一起过了两个生日，他送过我一块玉石，我送过他一幅画。"我如实相告，有种不由自主的诚恳。尽管这看起来也并不特别，不过是两个成年男人之间的互相馈赠，一块石头，一幅画。但此刻我陈述出来，突然觉得自己就是在说着一段友谊。这本来是件说不清楚的事，两个陌生校友，无端地共同过起了生日，这种关系你很难界定，如果不是身临其境，谁都无法感同身受那种古怪的缘由。现在，我觉得我似乎让一件复杂的事情清晰起来了，我过滤掉了里面含混的部分，就像过滤掉了空气中的有害颗粒物，还有老褚所说的玩笑与恶作剧，让空气净化的只是空气本身。那么，不错，我和邢志平是好朋友。

"一幅画？"她盯着我看。

"嗯，我是个画画的，送画给人是我最大的诚意。"

"画了只猩猩？"

"是。"我有些吃惊。

"这画我见过，挂在邢志平的床头。"说完她立刻就意识到自己失言了。一个男人的床头，她是如何得见的呢？

我不动声色，为了减缓她的尴尬，我低下头喝着嘴边的咖啡，并不去看她。

过了半晌，她喃喃说道："他是个孤独的人。"

这还用说吗？我当然知道他是个孤独的人。否则他不会靠着翻看校友录来寻找到我这个可以和他共度生日的人。我还想起了那个似真似幻的夜晚，想起了我摸到的那一手的荒芜。我说："是的，所以他才偶尔来找我做伴儿。"我想，我肯定也是一个让邢志平满意的排遣对象，和我在一起，他不过只是需要面对一个酒鬼，并没有其他的麻烦。

"那么你也是一个孤独的人？"

"是吧。"我抬起头，不再回避她的眼睛。"谁又不孤独呢？"这句话有些挑衅，像是在反驳她。

她低下头，头顶的波浪翻滚了一下。出其不意，她说出一句话："我有丈夫，也是同事，就在文学院做教授，讲古代汉语。"

这句话是什么意思呢？我不置可否地"哦"一声，问她："你从哪儿得到邢志平的死讯的？"

"当时我在场。"

"在场？"

"也可以这么说。"她用两只手捂在咖啡杯上，像一个暖手的动作，"当时我刚刚从他家里出来。我走到楼下，没走出几步，就听到了身后的响声……"

"他摔下来了。能确定不是一个事故吗？"

"不会，他是自己跳下来的。十七楼，他不可能是爬出去擦玻璃。"

"为什么？"

"不知道。这也是我愿意和你聊聊的原因，我也想知道为什么。"

"你曾经是他的班主任。他最后一刻也是和你一起度过的，可能你比我掌握的情况要多一些。"

"老实说，对他，我并不是特别了解……"她的表达开始变得有些艰难，"甚至一度我都忘记了有过这么一个学生。我只隐约记得，当年上学的时候，他很腼腆，在我的记忆里，就是一个孩子。"

可这个孩子的床头，如今你去过。这句话我没说出口。"说说当天的情形吧，你们在一起发生什么了吗?"

"我们谈了一部书稿。"她抬头看我，神情平静，"是我的一部著作，就是为了出这本书，我才联系上他的。你知道，他是一个成功的书商。出书对我们是千辛万苦的事，对他却很容易。"

"你是说，就是为了出这本书，你才联系上了他这个学生?然后他突然跳楼了，你又负责为他料理后事?"

"最初的确是这样的。"

"最初?"我听出了她的破绽。

"好吧，"她吸了口气，眼睛望向窗外的雾霾，"我和他上床了。"说出后她显然是松弛了下来，看得出，这个秘密也压在她的心头。如今对我这样一个没有利害关系的人说出来，在她，可能也是一种释放。同时，她的态度在我看来，还有种"反正现在人已经死了"的解脱感。"但这里面没有交易的成分。我不会为了出本书和人上床，他也不会那样为难自己曾经的老师。邢志平绝对不是一个邪恶的人。我找到他的时候，他大病初愈，整个人弱不禁风，毫无侵略性。对于我的请求，他很爽快地答应了下来。"她用指尖划着桌布，"我们在一起，不免会提及往事，说说当年的大学生活。那时候他极度脆弱，我想可能并不完全是身体的缘故。这些年他生活得很不愉快。大学毕业后，他被分配到了新闻出版局，这个机构，正是新闻出版行业的管理者。接下来时代发生了根本性的变化，他的上司辞职经商，鼓励他一起去奋斗。他从小就习惯于对权威者言听计从，这次也不例外，谁知道，就此却让他成为新阶层的一员。他们做书商，公司得天独厚，运作得相当顺利，在很短的时间里就积累了惊人的财富。但是这些，都没有给他带来快乐。"

我有些走神。她说的这些内容，不免让我比照起了自己的往事。在世俗意义上，邢志平的确是一个幸运儿。我们同一年从大学毕业，而那一年的夏天，我却只能流离失所，孤身一人逃难般地潜入了遥远的云贵高原。"他很幸运。"我说。

"是吧。那一年许多人都走上了人生的颠簸之路，反倒是他这样与生俱来的温和者，不会卷进那样的飓风当中。他顺利地从大学毕业，分配到了相当不错的工作单位。可这些，都不是他自觉的选择。他不过是天性使然，不会去呼啸街头。"

"那么，他的生活还有什么不幸呢？"

"我想是因为他的婚姻。他的妻子，也是我的学生。他们绝对不是一个恰当的组合。"

"丁瞳吗？他的妻子是叫丁瞳吧。"我这么说，让自己显得和邢志平很熟。

"是她。丁瞳在大学时期就是热衷于风尚的女生。你知道，二十世纪八十年代是属于青年的。那个年代，一个诗人所享有的优待无与伦比。尤其还是一位青年诗人，那就更了不得了，大学里的师长都得对他们刮目相看。在这种风尚之下，丁瞳热烈追求的对象，是一位学生中的诗人。她很漂亮，有一部分俄罗斯的血统，这使得她能够在追求诗人的诸多对手中胜出。当年丁瞳的恋情，是中文系人人皆知的事情。可是最后，她却成了邢志平的妻子。"

她沉默下来，我不知道该怎样回应她。此刻我说什么，都会使她像是一个在数落情敌的女人。

"我这么说，不是在诋毁丁瞳。"她好像看出了我的心思，

"她没有过错。对于一个年轻的女孩子来说，追逐风尚，又会有什么错呢？我只是想说，我觉得邢志平和丁瞳成为夫妻，是一个错误的选择。他从来就是置身于风尚之外的人，不小心成了新时代的得益者，也完全是阴错阳差。而丁瞳选择他，无外乎是因为如今的风尚是以金钱来衡量一切了吧。他们之间的差异太大，注定不会幸福。"

差异太大？我想起了自己的跨国婚姻。我想，还会有比我这样差异更大的婚姻吗？那么，我幸福吗？不可避免，我的前妻此刻从记忆深处向我走来。她是我胸口永远的隐疾。"你认为仅仅因为婚姻的不幸，便可以促使他走上自杀的路？"我必须回到当下的对话里，我不能被自己的回忆掠走。

"当然不。这可能只是一个背景。对于他的死，我的确没有一个答案。你知道，他们已经离婚了。是的，这是因为我，我们被丁瞳撞到了。他们婚姻的后期，实际上已经分居多年，丁瞳带着孩子住在她父母家。但是那一天她突然回来，撞到了我们。是的，很尴尬。有些情绪我很难对人说明，我不是一个无耻的女人，但在邢志平这件事上，我却并不觉得自己如何败坏。"我点点头，认可她的说法，"对于邢志平，我有种无法形容的怜惜，我觉得他太孤独了。他那么虚弱，我们在一起时，他常常会把头埋在我的怀里放声痛哭。他就像一个溺水的人，而我，恰恰握住了他挣扎的手，我没有理由不把他打捞出来。"

"我想我能理解。"这只挣扎的手，似乎我也一度握住过，可我试图打捞过他吗？没有，我自己在很大程度上，也是个呼救者。我是个酒鬼，我求助的那个对象，不过是酒精。"但是，有了你的帮助，他最终还是死了。"我说。这有些残忍。

"是啊——"她的眼眶盈上了泪水。这让我对她顿生好感。她说："我们就是这样无能为力。我不知道自己忽略了什么，我是那么想要帮助他。他离了婚，财产和儿子都给了丁瞳，我以为他已经得到了解脱。"

"现在他得到了。"我说，"也许是病痛的折磨让他不堪忍受？"

"不是，对于肉体的疾病，他从来没有觉得是难以克服的。他这个人内心的负荷实在是太多了，转嫁在肉体上，曾经弄坏过他的肺，弄漏过他的胃，最后居然向他的乳房下了手。但这些都不足以彻底击垮他。实际上，他对身体疾患的态度反倒是乐观的，在医院里，他还积极去帮助经济困难的病友。"

"那么，他的死，还有其他的隐情？"

"一定是这样的。也许，丁瞳掌握着这个秘密，但是也许她永远不会说出来。今天的葬礼是我通知她的，她的反应你也看到了，很冷漠。"她显出了倦意，抬腕看看她的表。

我意识到时间不早了，提议和她一同吃午餐。她拒绝了，说还要回学校处理其他事情。于是我们告别，我留了她的电话号码。我打算继续在这里坐一坐。她对我说，咖啡馆提供简餐，我的午餐可以在这里吃。

她起身穿上大衣，把头发从大衣的领口翻出来。这个动作很美。走之前她突然问我："你给邢志平送的那幅画，是什么意思？"

我一时反应不过来，问她："怎么？"

她吸了口气，说句"没什么"，然后转身离开了。

我一个人坐在这家咖啡馆里，开始想那幅画。我画了一只大猩猩和女人交媾的场景。女人翘臀而立，大猩猩在身后耀武扬威。邢志平说画面上是他此生目睹到的第一个性爱场景。这幅画挂在他的床头。有什么问题吗？我说过，如果不喜欢，我可以换一幅给他。他却断然否定说，不，他很喜欢。也许，这幅画对于死去的邢志平，具有某种谶语般的性质？我只能如此不着边际地猜测。

事到如今，我知道我已经陷入了这个死亡巨大的谜面之中。我想知道谜底。

我并不想吃饭，一点儿也不感到饥饿。我喊来了服务生，问这里有什么酒水。这里不是星巴克，但这个服务生却有着一种星巴克式的大牌劲儿。她几乎是用傲慢的口气对我说，他们这里是咖啡馆。

五

咸亨酒馆的门锁着。它不会在这个时候开门的，我只是心存侥幸。

我只有回家去。在楼下，我照例又买了一瓶小糊涂仙，不过这次换成了一斤装的。我还买了两袋速冻饺子，打算饿了的时候煮着吃。回到家里，我打开了电脑，也打开了酒瓶。电脑里有一堆新邮件，乏善可陈，我选择性地回复了几封。就着瓶口喝酒，反而不是件容易的事，我找了只大号的马克杯，将酒全部倒了进去。我一边喝，一边在网上搜索束河的词条。

地理坐标：北纬26度55分，东经100度12分……

是的，那个时候，我叫它"绍坞"。这是纳西语，意为"高峰之下的村寨"。它是纳西先民在丽江坝子中最早的聚居地之一，是茶马古道上保存完好的重要集镇，也是纳西先民从农耕文明向商业文明过渡的活标本，是马帮活动形成的集镇建设的典范。——而那一年，它还是收留我这样一个逃亡者的庇护所。大学毕业的那个夏天，我在这里遇到了我的纳西族妻子。当时的我犹如丧家之犬。她和她的族人接纳了我。我们结婚了，一度过着平静的生活。其后时风骤变，我无法再忍受这"被人揪一把鸡鸡"的生活。我想离开，非但想离开高原，我还想走得更远。千辛万苦，我终于登上了飞越太平洋的航班。在飞机上，我感到了恐惧。我想反悔，宁愿回到"被人揪一把鸡鸡"的日子里去。但我终究还是没有回头。

是真的没有回头。此后我去过欧洲，去过非洲，最后停留在了太平洋西南部的那个岛国。在那里，我取得了国籍，隐瞒了曾经的婚姻，娶妻生子。

我刻意终止了和国内妻子的联系。也许，她认为我已经死在了异国。

她最初是位小学教师。我走的时候，她去了县里的图书馆做管理员。

这几年我回到国内，在国内卖画，用的都是假名。我从不出席画展开幕式这样的活动，只是怕会被拍下来，照片散布到网上去。印刷画册，我也从不配上照片。人们觉得这是一个艺术家的怪癖。不是的，这是阴暗，是罪。

我酗酒，在新西兰安定下来后就开始了。我知道，这是因为什么。我曾经将内心的秘密向神父坦白过。那是在戒酒者的团契里。从神父那里，我没有听到以前没听过的话，也没有听到什么自己觉得特别的道理。他说这是罪。我知道这是罪。他说当我向神坦白的那一刻起，我就获得了赦免。但是我没有找到这样的感觉。丝毫没有。于是我继续酗酒，喝得比以前更凶了。新西兰的妻子在最绝望的时刻，骂我是一头猪。于是我回国。我对她说，这是一头中国猪唯一能拯救自己的途径。我回来了，画儿卖得出奇的顺利，酒却一点儿也没少喝，还是一头猪。

我想过回束河去寻找自己的纳西族妻子。想过，但只是想过。我没有那种巨大的勇气。就像小戴给我听的那首歌里唱的一样，我曾经享用那位女子，被她庇护，在我最仓皇的时刻，是她拯救了我。而我对她，却是誓言说变就变。如今的束河，也不复当年。时代变了。这不仅仅是它已经不再被称为"绍坞"，不仅仅因为它如今成了"艳遇圣地"。

我走了太多的路，如今好像走到了所有路的尽头。

这就是我现在想知道邢志平死因的根本动力。我想让这个人的死亡，给我提供出一个最终解决的参考。是的，在老褚的嘴里，我们是"这代人"。我们都曾经被迫逃离，后来我们也都貌似活得不错。可他成功地死了，我还没有。

我觉得有什么东西在我肚子里化开了。这种滋味我再熟悉不过，一般会在我喝下一斤左右的白酒后发生。然后我几乎是平滑地过渡到了咸亨酒馆的小包厢里。这个过程顺畅极了。我的脑子里没有从家中走到酒馆的记忆，就好像我从电脑前一转身，看到的就是酒馆老板那张满是旧伤疤的脸。

他看着我，少见地奉劝起我来。"不要再喝了，要不，顶多再喝一壶？"看到我摇头，他和我商量道，"两壶？"

我伸手将他在我眼前竖起的手指从两根掰成了三根。

这是我记忆中最后的三根指头。

六

"我不认识你。"她对我说。

"昨天在葬礼上我们见过。"我补充说,"我们还是校友。"

"你和邢志平很熟?"她扇动着很长的睫毛。

此刻我们坐在咖啡馆里,还是昨天的那一家。对于如今的兰城,我并不熟悉,所以,在电话里我脱口说出了这家咖啡馆的名字。她还是来了。对此我很欣慰。本来我并无把握。我想是我在电话中的语气敦促了她。我说:我必须和你谈谈。我如此蛮横,其实是由于酒精的缘故。今天早晨我突然醒来,意识如骤然扯开的幕布。我发现自己躺在小酒馆里。我的身下是几张拼起来的桌子,我的身上盖着一条薄毯。这对于我是个打击。无论如何,喝得不省人事,终究是如此的可耻。我感到彻骨的沮丧。摸出手机打给了老褚,用几乎是乖张的态度向他索要了丁瞳的电话。然后我打给了她。和她约定好见面的地点后,我起身离开了酒馆。已经是早晨十点了,我将酒馆的卷闸门拉好,这需要我蹲下去。再次站立起来的时候,我感到自己的信心突然流失殆尽。我几乎想要放弃下面的这个约会。这一切与我何干?不过是死了一个家伙。可这又能如何?空气依然阴霾,冬天依然寒冷,我依然被酒精撂倒,世界依然运转。

但我还是来了。回家换下一塌糊涂的衣服,我还是出门上了辆出租车。我的意识依然不能完全自主,心里有个声音喊左,行动却偏偏向右。

"是的,我们很熟。"我恍惚着回答她,"你知道吗?我和邢志平的生日是同一天。"

"哦？我不知道。没听他说起过。你想和我谈些什么？"她的态度有些生硬，这是难免的。此刻她眼前的这个陌生人，神情委顿，眉骨上还有一道结痂的新疤。这是昨晚留下的，具体的情景，我当然毫无记忆。

"我想知道邢志平为什么会跳楼。"迟钝的意识让我像一个儿童般的坦率。

"我也不知道。你也许该去问问尚可。你们应该认识，昨天我看到你们上了同一辆车。"

"你恨她？"

"谁？"

"尚可。你撞到过他们在一起。"

"不只是'在一起'，我还看到了他们赤裸的睡姿。说实话，光着的尚可，睡姿可是不雅。"

"你很愤怒？"

"没有。我从卧室退出来了，坐在客厅的沙发里。后来邢志平光着身子出来，对他我没有任何过火的语言。"现在她也坐在我对面的沙发里，有着部分俄罗斯血统的那张脸上是种虚无的空洞。"有什么好说的呢？假如生活欺骗了你。"她说。

"这是句诗。"

"是的，普希金的。"

"你不恨自己的丈夫吗？"

"不恨。第三天下午，我们就去办理了离婚手续。他很诚恳，财产的百分之八十给我，儿子给我。他的态度不错。"

"爱他吗？或者，爱过他吗？"

"没有。"她犹豫了一下，改口说，"不知道，说不清。"

"大学时代，你爱过一位诗人。"

她看着我的那种目光，我要承认，美极了。那是一种天生的单纯和无辜，像传说中的小红帽。尽管，我知道，她也已经是一个四十多岁的女人了。"是的，这不是什么秘密。"她说，"当年读过师大中文系的人都知道，尹彧是学生中的诗歌领袖。"

我在心里默念了一遍"尹彧"这个名字。我努力搜寻自己的记忆，却找不到相关的痕迹。但是看得出，当这个名字从嘴里说出的时候，她的脸色在一瞬间明媚，就像天空突然一亮。

"嗯，是的，很有名。"我只能如此说，我不想打乱谈话的节奏。

"邢志平也知道，当年我们三个人在校园里形影不离。"

"居然会是这样……"

"这不奇怪。尹彧当年被众星捧月，围着他转的人太多了，不分男女。邢志平对他最是崇拜，他甚至觉得自己的名字和尹彧相比都万分逊色。尹彧天生就该是个诗人的名字，而他，只能叫邢志平。"

"你瞧不起邢志平?"

"没有，他做过我的丈夫。我只是认为我们从本质上不是一类人。"

"那么为什么还要嫁给他?"

"命运使然吧。"她怅然地凝视着窗外。而窗外，不过是灰蒙蒙的粉尘与废气，对了，还有老褚所说的玩笑和恶作剧。

"我想听一听。"我对她提出儿童般的请求。

她看看我。这是个有着异族血统的中年女人。她身上有种我们鲜见的大方。"真的想听吗?"她问。

"是的，非常想。"

"好吧。"她喝了口咖啡，"人已经成了灰，说一说，对他也许是一个祭奠。"她不看我，看着窗外，"当年我们三个很要好，我和尹或是公开的情侣，邢志平是尹或的崇拜者。当时尹或已经有相当数量的作品发表在各类文学杂志上。那个时代，一个青年诗人所受到的尊崇，顶得上十个教授。我没有想到，其实邢志平还暗恋着我。他可能自己也不能自察。尹或的光芒太强大了，他不敢在内心里承认自己居然会觊觎尹或的恋人。他所表现出的，在我看来，反倒是一种对于尹或的恋人般的迷恋。有时候他看尹或的眼神，都有种怀春般的光。"

我想起了那个夜晚自己在醉意之中领受过的抚摸。我当然知道人类一些非异性间的爱恋关系，这样的事情在世界艺术史中屡见不鲜，似乎许多伟大的天才都有这方面的倾向。但我想，卑微的邢志平，他哪里敢以天才自居？他从小就是循规蹈矩的乖孩子，那么，当他发现了自己的这种取向时，内心必然经历着常人难以想象的折磨。"邢志平不是个很勇敢的人。"我说。

"岂止是不勇敢。他很懦弱。那时我们都是诗人羽翼下的幼雏。"她用手势做了个比画，可能是想形容羽翼，但我没看出什么关联，"大学二年级暑假时，尹或带着我们去考察黄河。徒步沿着黄河走一遭，对于尹或是重温，他不仅具有文明的精神，更具有野蛮的体魄，而对我们，当然就成了考验。说是徒步，实际大多数路程是利用交通工具完成的。我们时而汽车，时而火车，颠簸着，途中选择一些不甚荒凉的地段步行。之所以采取了这种相对轻松的走法，尹或是出于对我俩的照顾，他考虑到了我们的实际能力，如果是他只身行走，一定是完全靠两只脚来丈量大地。"我回忆起自己的当年。在那个夏天，我就几乎是徒步踏上了那条逃亡之路。"黄河远没有我们想象的宏大，然而，那个时候的邢志平，整个人的状态是趋于卑下的，能够这样走一遭，已经足以让他获得一份成就感了，甚至心里面还有了一股流离失所的诗意。"她说着，神情完全回到了过往的岁月。

"那个年代，旅馆的管理还是比较严格的。每次投宿，都是他们俩登记在一起，我独自住在另外的房间。这对我和尹或来说，当然是个干扰。我们是恋人，有在一起的需要。在这个意义上讲，邢志平是个多余的人。他可能自己也有意识，时常会有种愧疚的情绪。"

"一个多余的人。"我重复了一遍她的这句话。

"是吧。这只是个事实。走到郑州时，邢志平目睹了我们两个人做爱的情景。"她咳嗽起来，用手捂着嘴。但我觉得这不是想掩饰什么，只是她的喉咙的确需要咳嗽。"那是一家条件还算不错的招待所。住下后，邢志平决定打个电话给他的父母。楼下的服务台有电话。一路上他没有和家里联系过。我想，那天他突然决定问候一下他的父母，可能是因为路程过半，他想向父母炫耀一下，也可能是他有意想给我们些时间。但是他却回来得飞快，不知道是出于什么心态，让我们猝不及防。"

这就是邢志平此生目睹到的第一个性爱场景。我能够对此展开想象。因为我在不经意中，让这个场景重现在我的画布上了。我描绘了一只体毛葳蕤的大猩猩。这可能的确让当年的那个诗人栩栩如生了。画布上的女人翘臀而立，内裤掉在脚面上。这可能也符合当年丁瞳为了抢时间的情景。这一切，都被邢志平撞到了。于是成了他生命中的图腾。他把这个场景悬挂在自己的床头。画面中的两个角色，一个是他男性的仰慕者，一个是他女性的眷恋者。作为一个双性恋，他的内心，该如何分裂？

"我尖叫了一声。邢志平连门都忘了替我们关上，像匹马似的撒腿就跑。后来他对我说，他在楼下撞翻了一个服务员，冲出了招待所，不遗余力地奔跑在烈日炎炎的郑州街头。他说有些东西脱离了身体，跑在了他的前面。他说，那个跑出了他身体的，可能就是他的灵魂。邢志平并不是一个善于奔跑的人，体育课上跑一千五百米，每次下来他整个人都会瘫掉。但这一次，他说他跑得轻松无比，驭风而行，甚至有了滑翔的快感，直到最后泪水呛进嗓子里，剧烈的咳嗽让他不得不停下，扶住路边的一棵树干哕起来。他对我说，他不知道泪水因何而来。他愿意把这看作是自己的成长。他已经二十岁了，他还是处男，但已经在被窝里偷偷地自慰过。那天，他看到了真实的性交，于是，就流出了眼泪。他说，这滑稽，但也庄严。"她转动着手中喝空了的咖啡杯，"是的，我并不讨厌邢志平，在许多时候，他都是一个值得被同情的人。"

我又替她要了杯咖啡。服务生送来搁在桌上后，我还向她手边推了推。

"就这样，怀着成长的心情，我们走到了甘肃。"她继续诉说，"我还记得，那是一个叫作'什川乡'的地方。我们走在黄河边的石头上，身边是烈日下炫目的河水。空气亮得让人受不了。脚下的石头滚烫坚硬，对于他们的脚来说，如同刀刃。在被太阳晒得打战的空气中，出现了两个当地的汉子。他们几乎是全裸着身体迎面而来。距离还十分遥远的时候，他们就打起了口哨，用方言凶巴巴地吆喝着。不祥的预感从我们的心里生起。我和邢志平都眼巴巴地去看尹彧。尹彧显然也感觉到了危险，脸阴沉着，不动声色地从裤兜里掏出一样东西，塞在邢志平手里。那是把匕首，阳光在刀刃上一闪，我立刻觉出了寒冷，皮肤在夏日凶狠的阳光下泛起一层鸡皮疙瘩。我想邢志平比我也好不到哪里去。我害怕地挤在他们中间，裙摆缠绕着他们的腿，好像成了两个男人的牵绊，让大家走得跌跌撞撞。危险终于近在咫尺了。对方在我们的鼻子尖前面站住，完全没有绕开的可能。我们三个大学生，像《水浒传》里卖刀的杨志，遇到了躲避不开的麻烦。挑衅者中的一个响亮地说了句什么。我都没听明白意思，尹彧上去就是一拳。邢志平太紧张啦，之前的每一步行走，我想对他而言，都像是在拉着一张弓，弓弦已经满到了要绷裂的边缘。尹彧的这一拳，仿佛拉弓的那只手瞬间松开。邢志平神经质地猛然挥出了手中的匕首。我没有看到血，直到今天，我们都无法确定刺在了对方的什么部位，那个人只是哼的一声，像牛的低鸣。然后就是无尽的奔逃。我有一段时间失忆了，大脑一片空白。直到被阳光刺醒，我在突然之间恢复了意识。阳光迎面而来，像一把光芒四射的刀砍中了我的头。身边是已经跑到虚脱了的邢志平，他的脸比纸还白，两只眼睛像濒死的鱼一样向上翻着。我整个人都挂在他的胳膊上，轻如鸿毛。我们已经跑在了公路上，毫不犹豫地拦下了一辆长途客车，跳上去后，才发现尹彧不见了。"

"不见了？"

"是，我们只顾着自己跑了。但是我们别无选择。客车的终点是兰州，到达时，天一下子就黑了。那是我经历过的最黑暗的夜晚。也许是我们的心情太沉重。我们怎么能够不沉重呢？我们行了凶，魂飞魄散地逃遁，身在异乡，并且囊空如洗。邢志平出门前是带着钱的，他母亲还在电话里告诫他要把钱藏好，让他卷成卷，塞在内裤里。但是他把钱全交给了尹彧，这总比内裤安全得多吧？现在他母亲的警告应验了，他没有丢掉钱，却丢掉了尹彧——那个怀揣着我们所有钞票的人。更为严峻的是，这又岂是钱的问题？丢掉了尹彧，我们就丢掉了灵魂。我们蜷曲着走在陌生的城市里，谁也无力说出一句话。我们不知道自己从哪里来，不知道自己往哪里去，说得尖锐些，甚至不知道自己是谁。夜晚的天空下起了小雨。雨水加剧了我们的迷惘，并且很快就下大了。后来，我们像两个真正的乞丐一样，摸进了路边一根庞大的水泥管道里。"

　　我的酒意渐渐在散去。此刻的我，也已经回到了过往的那个年代里。我觉得她所说的，我一点儿都不陌生。那几乎也是我的青春。

　　"在管道里人是无法直立的，我们也无力直立，一进去就自然地躺下去。"她出神地盯着自己的咖啡，仿佛在凝视当年那根建筑材料的入口，"管道的弧度致使我们的身体必须部分地叠加在一起，缠缠绕绕。这都是宿命。后面发生的事情，我很难梳理出什么头绪，我甚至为此憎恨邢志平，我觉得他是假以命运的名义，和命运一道强暴了我。但当时的情形却截然相反，我没有丝毫被动的感觉，甚至我还是主动的。这只能让我在事后更加憎恨自己。我们塞塞窄窄地拥抱在一起。他似乎还很委屈。他没有任何经验，是我引导了他。在一个陌生的城市，在一个落荒而逃的夜晚，在一根宿命的水泥管道里，我趴在他的身上，却喃喃自语地发问：尹彧在哪里？"

　　"挺让人伤感的。"我开始为那种青春的憔悴而伤怀。

"那个时候，雨停了。管道外面漆黑的天际蹦出一颗很大很亮的星星。是啊，尹彧在哪里？我想那个时候，邢志平刚刚迈出了他人生重要的一步，暂时摆脱了尹彧对他的精神控制，所以他幡然醒悟，原来自己很早之前就爱上了我，只是这份爱，被尹彧的光辉硬邦邦地覆盖了。邢志平看看天上那颗钻石般的星星，再看看我，竟然背诵出当时一首流行歌曲的歌词：你的大眼睛，明亮又闪烁，仿佛天上星，是最亮的一颗！这是我对邢志平青春时代唯一清晰的抒情记忆，他不是一个诗人，但此刻他也有了讴歌的愿望。可是，这却令我更加无端地仇视他。我知道这没有道理，但我真的是百感交集。"

"他是无辜的。我觉得。"

"是的，但我无法自已。第二天，凭着我身上仅有的几块钱，邢志平和家里取得了联系。打电话时他哭出了声，这让我再也无法忍受，不禁勃然大怒，向他训斥道，哭什么哭？笨蛋！他受了惊吓，止住了哭声。可他越是这样，我对他，对我自己，越是厌弃。"

对于眼前的这个女人，我的认识开始改观，我想，她并非如尚可所说的那样，只是一个从大学时代起就追逐风尚的女人。

"他父亲一位在兰州的老友救济了我们，使我们得以返校。开学后不久，尹彧也安然无恙地回来了。他用平淡的口气交代了他的遭遇：被暴打了一顿，搜去了所有的财物，但他仍然坚持完成了既定的行程，然后就回来了。至于身无分文的他是如何克服困难的，个中细节，他不说，我们也不敢问。我们无法正视尹彧。我鄙视自己，也痛恨一切，认为自己是被一个诡诈的阴谋绑架了，是被命运拽着笔直地奔向了那根水泥管道。我遗弃了尹彧，背叛了爱情。这个想法让我痛苦万分。邢志平的状况更糟，他内心的挣扎干脆作用到了胃上，造成胃出血，几乎要了他的命。他被同学们七手八脚地抬进医院，送上手术台去开膛破肚。但大夫们的刀下错了地方，他们修补了邢志平的胃，却忽略了他的心，那里才是邢志平真正的病灶。这期间我怀上了尹彧的孩子，去医院堕胎，顺便到病房看邢志平，我们相对无言，彼此几乎是绝望地仇视着，但却又有种绝望的相濡以沫的滋味。"

看到我点烟，她也伸手要了一支，我俯身为她点上火。

"我们三个人仍然常常聚在一起。邢志平连我的手指都再也没有碰过。"

"他一定备受妒忌之苦。"

"会吗？我想不会。妒忌这种事情，是两个基本上对等的人之间才能发生的，而邢志平，对尹彧有的只是仰望，他没有资格去妒忌尹彧。他只是无法从脑子里根除可耻的念头。我们结婚后，他告诉过我，那段时间，他一闭上眼睛，就会不可逆转地想起我。有时候他臆想自己和我做爱，有时候臆想尹彧和我做爱，他在被窝里幻想着这一切，内心的负罪感让他窒息。他无地自容，不敢将自己弄脏的被褥晾晒在光天化日之下，只有半干不干地睡在里面，用自己的体温来烘烤。不断地剽窃着一个诗人的情人，如此的罪恶，怎么能是他那颗羸弱的心可以承受的呢？"

"他真孤独。"我想象着这一切。它几乎有种专属二十世纪八十年代的气息。我不知道，今天的年轻人，是否还会有着如此的煎熬。

"是啊，真孤独。可是，谁又是不孤独的呢？"她说。我想起来，昨天我和尚可也有过类似的对话。"接下去，就是那个夏天了。当尘埃落定，他便消失了。他离开得干净利落，没有和任何人打招呼，没有缠绵悱恻，他像一条真正的汉子，在一夜之间，连同他的行李一起消失得无影无踪。也许这是他刻意谋求的，在庸常之外游走，流浪，似乎就应当是一个诗人的义务与本分。"

我战栗起来。我想对她说，不，这不是一个诗人的义务与本分，我可以负责任地告诉她，逃亡之路，不是游走，不是流浪。那毫无诗意。但是我没有开口。

"尹或像传说一样地消失了，我嫁给了邢志平。这些都是宿命。可是我憎恨这样的宿命！它太不由分说，几乎是连同着一整个时代在扭曲着我。我当然可以拒绝，但是我当然也没有拒绝。这一点恰恰是最令我痛恨的。我们言不由衷，身不由己，就是这样莫名其妙地被重塑着。我当然不甘心，我不恨邢志平，也没有轻视过他，实际上，在很多时候，还觉得我们同病相怜。我只是把说不出的无奈和怨愤，投射在了他的身上。尹或消失后，我们谈了将近三年的恋爱，但都无法做爱，他照旧靠着手淫来安抚自己。我们结婚了，新婚夜里，邢志平依然不得要领。完事后，他嘴唇无声地蠕动了一下，说了一句他一时并不明白的话。过了一会儿，我也才意识到他嘀咕的大概是句什么话，必然是句什么话。这话当然是：尹或在哪里？"

我想象他们的婚姻。想象他们每次做完爱，彼此的心中都会来上一句：尹或在哪里？这句话，更像是对于一个暌违了的年代的盘问。他们是在喊自己的魂。这可能会成为一个规律，类似生理步骤，像前戏，高潮，平台期一样。而这，都是一个时代对于他们的馈赠。那是理想主义彻底终结后的余波。

"婚后邢志平并不愉快。他甚至变得有些暴躁。有一次，他母亲在电话里问他，我和他在一起时，是不是处女？当时我就在旁边，并不知道他被问到了这样的一个问题。他的反应令我震惊，他完全失控了，有生以来第一次做下了忤逆的事，居然向他的母亲反问道，你和我爸第一次性交时，是不是处女？从此以后，他母亲再也没有和他说过话。"她向后仰起头，"我分在一所中学做语文老师，他对我没有任何要求，虽然我完全称不上是一个合格的妻子。他能够容忍我的一切，因为，我曾经是一个诗人的情人。这一点，如今不会有人理解了。邢志平承担了所有的家务，做饭，洗衣服，打扫房间，还学会了缝被子。这样的生活没法不平静，因为邢志平从不制造麻烦。可是，婚后大概三年左右，他顺应了新潮流的方向，居然成了一个富人。这不是他的错，我知道。但是，就是这么鬼使神差。他成了一个富人，而我，却只能和整个时代、和他背道而驰。"

她再一次喝完了咖啡，放下时，杯子和小碟碰撞出空荡荡的声响。她睁大了眼睛，似乎被这意外的声音微微地惊吓住了。对于此刻的一切，对于正在进行的诉说，她显得费解极了。"我并不排斥金钱，甚至，我还有着极度的物欲。"她像是在自言自语，"我想过得体面，但我无法说服自己，让自己忘掉，我曾经是一位诗人的情人。我的确很分裂，很不幸，邢志平只能成为我这种分裂迁怒的对象。有钱了，他不免会显得阔绰，买大房子，买好车，为了讨好我，他常常给我买回来一些奢侈品，帽子都是几万块钱一顶的，他还替我出了一本诗集，但越是这样，我越是疯狂。我无法自控地越来越鄙视他，在一次盛怒中，高声骂他是一个麻木、庸俗的家伙，是一头在泥泞中快活地打着滚的猪，正是因为他这些猪的存在，挤占了这个世界，才使得诗意的栖居成为泡影。这个罪名当然是太大了，他无论如何承担不起，我也知道他实在是太委屈，但他只能在我这里成为肮脏世界的代言人。"

"一头猪，我妻子也这样骂过我。"我说，"也许你们骂得并不过分……"

她看看我，不置可否。"后来，儿子出生了。邢志平是一个好父亲。但我无能为力，我无法配合他，直到我目睹了他和尚可睡在一起。"

她停止了诉说。时间立刻显得冗长。我一时也不知道该说些什么，只能在心里想象离婚后邢志平的独居生活：一个人躲在自己巨大的豪宅里，宛如又回到了大学时代，臆想着丁瞳，臆想着尹彧，忧伤地抚慰着自己。如今社会上遍地都可以寻到色情交易的场所，以他优渥的条件，更是不会缺乏靓丽并且安全的性伴侣，但是他宁肯活在潮湿里。他一天天地苍白，日复一日地走向腐烂和霉变，像个谨慎的吸血鬼。他被自己彻底地戕害了。在最为难熬的日子里，他甚至冲动地跑到我的画室里来，动情地抚摸另一个同样孤独的肉体。他终究解放不了自己，他这个无辜而软弱的人，这个"弱阳性"的人，这个多余的人，替一个时代背负着谴责。在他的心里，尹彧和丁瞳的分量毫无缺损，像阴暗墙壁上发霉的水渍，历久弥新，他们是雌雄合体的偶像，他长久地降服在他们所代表着的那个时代的权柄里。

"尹彧呢？再也没有他的消息了吗？"我问。

丁瞳看着我，以一种决然的态度向我说道："他回来了，现在我们就在一起。"

尽管对此我似乎早有心理准备，但此刻被她果断地承认，还是令我大吃一惊。

"我想和他也谈一谈。"我尽量让自己的语气显得平和一些。

"他一会儿来接我。这要看他是否愿意。"

七

我改了主意。不，我并不想喝酒，一点儿这样的欲望都没有。我只是突然间疲惫不堪。我站起来向她告别。她笔直地坐着，看来还要在这里坐下去，就像要永远坐在岁月里，等待那位诗人来接她。我喊来了服务生结账，问她需不需要再喝点儿什么？她说不需要了，平静地注视着我结完了账。我转身离开，她突然说道："你的生日快到了。"

我回头对她说："是的。那也是邢志平的生日。"

我走进街头的雾霾里。空气真的糟糕透了，让我想起在某本小说里读到过的句子：古往今来一直有人生活在烟尘之外，有人甚至可以穿过烟云或在烟云中停留以后走出烟云，丝毫不受烟尘味道或煤炭粉尘的影响，保持原来的生活节奏，保持他们那不属于这个世界的样子。但重要的不是生活在烟尘之外，而是生活在烟尘之中。因为只有生活在烟尘之中，呼吸像今天早晨这种雾蒙蒙的空气，才能认识问题的实质，才有可能去解决问题。大致就是这么个意思。古往今来，烟尘之中，不属于这个世界的样子，认识问题，解决问题。

我觉得我很脏，是那种真的很脏，从里到外都蒙着一层油脂般的污垢，那是煤烟与粉尘，玩笑与恶作剧的混合物。我钻进了街边一家很大的洗浴中心。现在快中午一点，这种地方此刻很冷清。大池子里的水应该是刚刚注满的，蒸腾着热气。我把自己扔进水里，像是一只渴望被煮熟的饺子。我在水里泡了很久，然后上来淋浴。洗浴中心提供自助餐，我穿着浴袍去吃了点儿东西。居然还有啤酒，但我一口都没喝。

随后我去了幽暗的休息大厅。出乎意料，这里睡着不少人。谁又能是不孤独的呢？外面是漫天的雾霾，孤独的人睡在幽暗的洗浴中心里。我找了一张空床躺下。服务生过来问我需不需要按摩。我说不需要。我很快就睡着了。

我做梦了，从梦中直挺挺地弹起来，充满疑惑地看着身边的环境，仿佛醒不过来似的，僵直在一片茫然中。在我的梦里，丁瞳和邢志平裸露着下身向我走来，他们的身后是高峰之下的村寨，炙热的阳光颤动着，在我的周围挤来挤去，波光一样地潋滟。他们一步步地向我走来，就像那个被否定了的逝去的年代，经过了非常漫长的岁月才站到了我的面前。我的眼中充盈着泪水，忘情地敞开胸怀去拥抱他们——我的兄弟，我的爱人。倏然，有一只手扬起，匕首像一道酷热的阳光向我劈来。

我看看表，已经是黄昏了。

手机响起来。我举在耳边接听。

一个男人对我说："我是尹彧。"我并不感到特别诧异。这不完全是因为我刚从梦中醒来。好像一切都在我的直觉里。"丁瞳说你想和人聊聊邢志平。"他说。

"是的。"

"我也想和人聊聊邢志平。"他说，"我们见一面吧。"

我跟他说了咸亨酒馆，又大致说了说地理位置。

我向服务生要了杯热茶，喝下去后，我感觉自己好多了。

室外依然昏暗。洒水车徒劳地向天空喷洒着水雾，这改变不了什么。我打算走着回去。一路上，我揣测着这天下的雾霾那个神秘的来源，保持着不变的步幅，保持着不属于这个世界的样子。

我走了大约有一个小时，我到了的时候，他还没到。

酒馆老板坐在他千年不变的老位子里，招呼我和他一起喝茶。

"没事吧，昨晚你突然就倒下了，我都以为你这就算是走到头儿了。"他用那把铁壶熬砖茶，替我倒了一杯。

"你看到了，我还没到头儿。"我把茶接过来，烫烫地喝了一口。

他笑出了声。"知道吗，我做拳击手的时候最喜欢什么？"他问我。

"一拳把人打飞。"

"不，不是。当然，那也很美妙。可我喜欢的，恰恰相反，反倒是一拳被人打飞时的滋味。"他的身子猛然向后一仰，"砰！就这样，眼前一亮，真的是一亮，然后什么都不知道了。人可能倒是没飞，把人打飞可没那么容易。但那滋味，就是飞了的意思，咔嚓一下，路就到头儿了，你一点儿预感都没有，说到头儿，就到头儿了。"

我打量他。他并不彪悍，以前是个轻量级的选手。他说我一点儿也不像个艺术家，我认为他也一点儿不像泰森。我想象着他在拳击台上一刹那被人揍晕时的样子。"真美妙啊！"我感慨。

"你别听他胡扯。"小戴过来了，"你还想听那首歌吗?"她问我。

"现在还不想。"我说。

"什么歌?"老板说，"你们还背着我听歌?"

小戴得意地眨眨眼，对我说:"也是，这歌最好是喝了几杯后再听。我是说，有些歌，只能喝醉了听。"

这时候尹彧进来了。他在外面停车的时候，我已经隔着玻璃看到了他。我知道这就是那位诗人，没错的。他有一米八五那么高，体重可能在一百公斤左右，行动迟缓，留着蓬勃的连鬓胡子，脱光了，一定体毛葳蕤，宛如一只大猩猩。

"我朋友。"我对老板说了一声，起身坐进旁边的格挡里，向走来的诗人招了招手。

他在我的对面坐下，一下子让空间显得逼仄起来。

"尹彧。"他向我介绍自己，同时伸出一只手来。

"刘晓东。"我们的手握在一起。我感觉是被什么包裹住了。

"我们是校友?"

"是的，我读的是美术系。"我的确想不起眼前的这个诗人，在尚可和丁瞳的嘴里，他是当年校园里的风云人物，是舍我其谁的主角，但是现在，我一点儿也想不起他了。时间真的如此威力巨大吗? 真的可以让曾经的风起云涌不留一丝痕迹吗? 我不知道。我问他喝酒吗? 他说不喝，他早已经戒酒了。这有些让我惊讶。而让我更惊讶的是，此刻我自己居然也毫无喝酒的愿望。我让小戴先帮我们沏一壶茶来。我不确定过一会儿自己会不会想喝酒。

"昨天我看到你了，在邢志平的葬礼上。你开着车。"我说。

他怔一怔，舔舔嘴唇上翘起的皮。"我很想跟他告个别，但你知道，我并不适合出现在那个场面里。"

"为什么？因为现在你和他的前妻在一起吗？"

"这当然是个原因。可也不全是。我和丁瞳在一起不是一天两天了，真要算起来，有二十多年了。我不是说因此我就有什么优先权，不是这种意思。"他的手攥成拳头，一下一下轻捶着桌面，手背上全是毛，"是我已经不习惯站在昔日师友的面前了。没人记得我了，我也不记得谁。"

"不习惯从主角变成了配角？"

他看我一眼，眼神是与体格不相称的软弱。"不是吧，我也不知道。"

"你对邢志平可能很重要。"我说，"当然，这是我的猜测。我猜邢志平活着的时候，你是他生命里一个重要的存在。也许，说成是偶像与禁忌都不为过。你在他心里代表着一个时代和一种价值观。"

"我不知道。"他用一只巴掌捂住桌面上的那只拳头。在我看来，既像是在按兵不动，又像是在蠢蠢欲动。"大学时期，我们的关系是很密切。我们彼此应当算是对方结识的第一位大学同学。"

我默默地听着，知道他要开始回忆了。

"我们去大学报到，恰巧乘坐的是同一辆火车。上车后我就注意到他了。他的父母在站台上给他送行，火车启动的一刹那，他突然抖起来。他抖得太凶了，隔着几排座位我都看得一清二楚。他就一直这样抖着，到了深夜都毫无睡意，像是发疟疾。他的身边坐了个很猥琐的男人，这个家伙在夜里蜷成一团，毫不客气地把脑袋枕在他的腿上睡觉。这成了邢志平的负担。因为他在发抖，尤其是两条腿，跳动着，膝盖撞着膝盖，好似在给某支曲子打着铿锵的节拍。可以看出来，他不愿意被人发现自己的颤抖，我觉得他对自己发抖的厌恶甚过对于那个男人肮脏的脑袋。他在竭力抑制，和自己做着绝望的搏斗，期望自己的腿稳如磐石，成为那颗肮脏脑袋舒适的枕头。但是这太艰苦了。好像跑了一个马拉松那么长的路，他的腿终于不再属于自己，它们脱离了他的约束，像是被弹弓发射出去一样的，骤然弹了起来。酣睡的男人受到了莫大的惊吓，嗷的一声蹦起来，惊魂甫定，指着邢志平便破口大骂，全是些令人咋舌的下流话。邢志平哭起来了，他无助极了。"

我能够想象那个男人的心情，在梦中被一只巨大的弹弓射中脑袋，发生这样的事，谁都会有点儿魂飞魄散。我也能够想象邢志平的委屈。他是温室里的花朵，第一次出门远行，世界便开始了对他的践踏与蹂躏。

"我实在看不下去了，过去一把推开了那个男人，喝问他欺负一个孩子算何本事？"他闷头闷脑地说，"可能是我当时的样子比较吓人吧，报到前我刚刚徒步沿着黄河浪迹了一圈，像是个野人。那个男人完全被我镇住了，狼狈地换到了另外的座位，这样我就和邢志平坐在了一起。"

一个彪形大汉，头发凌乱，胡子拉碴，身上还残留着一股浓烈的羁旅气息，仿佛电影里从前线溃败下来的国民党大兵。我想象着彼时的情景：他威猛地把一只脚踩在座位上，摆出一个非常够劲儿的姿势，像一个真正打抱不平的好汉那样。的确比较吓人。邢志平一定想不到，这条吓人的大汉，会是自己大学时代里的一位学友，并且，还将影响他的一生。我想，看到这条好汉的第一眼，邢志平的内心一定就萌生出了无边的好感。换了谁都会这样。这是救人于水火的英雄，给人以温暖的大哥。邢志平身体里那个唆使他发抖的家伙，也一定会奇迹般地在一瞬间烟消云散，仿佛咣的一声，被关在了黑屋子里。直到若干年后，经历了更多的纷乱与挫败，这条大汉永远地从邢志平的世界消失，那个在他身体里作祟的家伙，才像一朵邪恶的花儿那样，重新绽放，使邢志平不得不相信，只有这条大汉，才可以将其囚禁。

　　"我问他没事儿吧小兄弟？他又哭了起来。我只有揽住他的肩膀，把他抱在怀里。"他的拳头和巴掌上下互换了一下，现在是拳头压住巴掌，"在其后的旅途中，我们相互认识了对方。得知大家居然有着一个共同的目标——都是那所师范大学中文系的新生。他对此兴奋极了。我也很高兴，一路上给他背诵诗歌：啊，那个睡眠者没有任何谨慎的痕迹，睡着，然而却是在梦着，却是在发烧，他怎样沉浸其中，现在他是个胆怯的新人，他怎样被纠缠在内心活动那不断蔓延的鬈须里……"

　　你见过一个生病的李逵背诵诗歌的样子吗？眼前的这条大汉这么做的时候，一下子焕发出某种光彩，变得有些让人不能抗拒。我不知道这是邢志平的幸运还是邢志平的不幸。他生命中第一次远行，就遭遇了一位诗人。在那个时候，这不啻是和一整个时代正面相遇。这完全出乎父母们的意料吧，他们的乖儿子，刚刚脱离了家庭的呵护，就钻进了另外一双翅膀之下，得到的是诗意的庇护，足以抵挡糟糕、恶劣的生活。当然，也足以在其后令自己的一生被毁掉。"你写的诗吗？"我问。

"不是，邢志平也以为是我的诗，其实不是，我跟他解释说是里尔克的。"

"但这已经无法动摇他对你的崇拜了。"毫无疑问，邢志平是一个单纯的少年，虚荣，怯懦，但也像所有的男孩子一样，渴望刚毅和力量。我想他太愿意去亲近一个像尹或这样有男子汉气概的诗人，似乎这样就能够使自己也变得高大热烈。

"也许吧。总之随后的日子他就和我形影不离了。他总是躲在我的身后，以致有人说我是他的老爹。"

"他一直暗恋着丁瞳你知道吗？"

"知道，我看出了点儿迹象。但是那个时候的我，目光并不在这些儿女情长上，我有更大的视野。"他谨慎地笑了笑，"当然，现在看来，挺滑稽的。"

我看着眼前的这个人，努力将他与曾经的青年骄子联系在一起。但这几无可能，像是个天方夜谭。眼前的男人，体格依然硕大无朋，但说老实话，更像是一个被气吹起来的草包。从前的一切，都消失了，精，气，神。这是必然的。比如，现在的我。我想，在对方的眼里，如今的我，也不过是一张被酒精浸泡得发馊了的纸片儿。回不去了，我们都再也回不去了。"后来你又开始了漂泊。"我说，垂下头望着茶杯里的热气，不去看他。

"是的。那很难。"

真不错。他没有喋喋不休。他只是说"那很难"。这就足够了。我知道漂泊之路是怎么回事。我们都曾站在时代与时代交替的那个关口，世界骤然折叠，而我们，都不幸漂泊在了对折之下那道最尖锐的折口之中。是的，那很难。他没有更多的形容。更多的形容只会拉低我们曾经的那些艰难。我不可抑制地想起了我的纳西族妻子：我们遇到的那一刻，我觉得我已经走到了所有路的尽头……

小戴过来给我们添水，冲我鼓励般地笑笑。

"后来你又回来了。"我说。

"是的，回来了。我在南方做过生意，在新疆打过工，但是，都很难。"

"如果你成功了，还会回来吗?"

"没有这种假设。这一生，我注定失败。"

我觉得我一瞬间垮掉了。这种滋味我很久都没有过了。所以我也不能确定。我只是喉头被什么狠狠地哽住。没有这种假设。这一生，我注定失败。这几乎是对一代人的宣判和指认。是的，我也回来了，在欧洲打过工，在非洲做过生意，但是，都很难。我回来了，画儿卖得不错。可我是个酒鬼。

"你回来了，对邢志平却是个干扰。"

"我不知道。也许是。可我无能为力。这个世界能够收留我的，似乎只有丁瞳了。"

"邢志平并不知道你的归来?"

"他可能不知道。其实我回来很久了，藏在不为人知的角落里。我和丁瞳在外面租了一间房子。"

这样就很清楚了。丁瞳对于邢志平那些激烈的否定，都有了具体的理由。"如今你们可以堂而皇之地在一起了。"我的口气并无调侃，我无法调侃眼前的这个人，调侃他，无疑就是对于我自己的贬斥。尽管，我们毫无荣耀可言，尽管，空气中都是玩笑和恶作剧。"邢志平几乎把所有财产都给了丁瞳，在经济上，你们也不会再有什么压力。"我只是陈述事实。我甚至期待着，他感到了羞辱，然后跳起来劈面给我一拳，砰地将我打飞，让我体验突然"到头"了的滋味。那也许真的很美妙。

但是他没有。"我们并不幸福。丁瞳也不幸福。"他说。

"为什么？"

"因为我们都已经不再有羞耻感。知道吗？邢志平曾经为丁瞳出过一本诗集。那本集子，其实是我的。现在看，它毫无意义。可对于这本肮脏的诗集，对于我们几乎是被施舍着的生活，我们已经毫无羞耻之感。"

是的，眼前的这条大汉，已经不会因为羞辱而对什么拔拳相向了。一切都呈现在眼前。我在两天之内，重温了一个时代，那些沸腾的往事。当然，我也重温了自己。那是一个大浪淘沙的图景。但无论是在风口浪尖上的尹彧，还是被裹挟着拍岸的邢志平，最终都被摔在了海之深处。我不想喝酒。一点儿也不想。

我和他作别。我们站起来的时候，他眉宇之间开朗了很多。也许这么说一说，对他也是件好事。

他开车离去。我独自回家。

回到家里我开始四处翻找。找了半天，我才意识到我是在找一块石头。那是块和田仔玉，是邢志平送我的生日礼物。但一无所获。我找不到了。

没有找到这块石头，我也并不感到格外沮丧。我打开了电脑。里面都是垃圾邮件。只有一封，是老褚发来的。他发来了一张照片。我用打印机打印下来。居然是那天葬礼时的情景，我当时并没发现有人在拍照。照片上送葬的一群人面容憔悴，可能是因为起得太早，空气太糟。大家分列几排，有种群像的味道。前排的丁瞳和尚可算是抹亮色。我的目光却落在那个孩子的身上。他是邢志平的儿子。在一种莫名的情绪下，我从桌上抓过一杆签字笔，在照片上这个孩子的脸上涂抹起来。

那张小脸渐渐地被我涂满了胡楂。诗人的面孔渐渐显露，逐步惟妙惟肖地清晰起来，仿佛大猩猩，仿佛电影里从前线溃败下来的国民党大兵，仿佛幼年李逵。原来他就是这样一直潜伏在邢志平的生活里。一目了然，孩子不是邢志平的。当然，这是确凿无疑的罪。

那么，这是促使邢志平去死的根本动因吗？我想不是。邢志平是敏感至极的人，他不会很晚才发现这个事实。也许，他知道尹彧的归来，也许，那本诗集，他知道出自谁手。他就是这样在默默地忍受。也许，当知晓了这些不堪的事实后，这个失去了乳房，失去了财产，失去了老婆，失去了儿子的富人，只是开始瑟瑟发抖。他也许还会终于知道：那一年，自己第一次离家远行时无法遏制地颤抖的原因——那个家伙长久以来柔韧地蛰伏在他的心里，确凿无疑，不以人的主观意志为转移，它觊觎着，无时无刻不在伺机荼毒他的生活——那就是，一个人一无所有的，孤独。

也许，那一刻，突然间黄昏变得明亮，因为此刻正有细雨在落下。

我下楼去，买一瓶一斤装的小糊涂仙。

八

今天是我的生日。

早晨醒来后我冲了凉水澡，很认真地刮了胡子，将房间里所有的垃圾收拾到一个硕大的垃圾袋里。我在电话中约了尚可，她让我去学校和她见面。还有最后的那个谜底——我想知道，什么才是压垮邢志平的最后那根稻草。

校园里的空气似乎好一些。有些学生偎依在冬天的枯树下。他们拥抱，他们接吻。

我们见面的地点是在一面湖的旁边。这面人工湖我上学的时候就有。尚可穿着一件咖啡色的羽绒服，显得有些臃肿。见面后，她问我："你还有什么想知道的？"

我没有回答她。我说："今天是邢志平的生日。"

她盯着我看了半天，一言不发。

"说说你们最后一次见面时的情景吧。"

"有问题吗？"

"没有。我只是想知道。"我说，"今天是邢志平的生日。"当然，这不是一个理由，可把它当成个理由，也说得过去。

"我们主要是讨论那部书稿。"

"做爱了？"

她深深地看我一眼。"你送他的那幅画儿，有魔力。"

"怎么说？"

"每次他都需要看着那幅画才能做爱。他的身体很差，几乎是一个完全丧失了欲望的人。但那幅画，是他的春药。"

我点点头。我知道那幅画对邢志平意味着什么。那是他生命中启蒙的一刻。看着那幅画，他会想起那一年，他们流浪，他们奔逃，他们热衷于"流浪""游走"这样的历险行为，将之视为地理和精神意义上的双重突围，在对这幅画的注视下，他可以做回一个男人，可以判自己做一个卑下者的徒刑已经服满了。

"你们讨论的是部什么书稿？书名是什么？"我换了话题。

"《新时期中国诗歌回顾》。"她说，"他对这部书很感兴趣。按理说他只需要帮我出版了就行，但他拿到手后，却表示自己先要认真看一看。"

"他看了吗？"

"看了，很认真。"

"为什么？他依然迷恋诗歌？"

"我想不是。他只是迷恋那个时代。他想从这部书里找到尹彧的名字，但是我并没有把尹彧的诗收进来。"

"为什么不收？"

"没有个人情绪的因素。这是部学术著作，我懂得保持自己的客观。现在看来，尹彧当年的诗，的确不足以进入文学史。"

我有些呆愣，在心里体会着这个事实对于邢志平意味着什么。他的偶像，他的禁忌，居然被"新世纪"摒弃在了回顾之外，无影无踪。

"那天我们主要也是讨论的这个问题。他有些烦躁。他说他为此查阅了手头所有能够找到的关于那一时期的诗歌资料，居然无一例外地找不到尹彧。他说一定是我们搞错了，这个世界搞错了，尹彧不该消弭在关于那个时代的所有记录里。"她从衣兜里摸出张卡片，下意识地在手里翻弄着。看了半天，我才认出这是那只骨灰盒的寄存卡。一只骨灰盒都有一份确据，而一个人却可以被记忆匿名。那么，谁来证明那些没有墓碑的过往和生命？"我不是很理解他的态度，在他眼里，似乎只有一个诗人，那就是尹彧。但是，他错了。"她说。

"你告诉邢志平他错了？"

"是，我觉得这是个常识。"

"他信任你，会承认你的判断。"

"也许是。"

"他是什么反应？"

"他笑了。"她眺望着结了一层薄冰的湖面，"当时我觉得他可能是接受了我的意见。我觉得没什么问题，我想不到几分钟后他就会从楼上跳下来。我一点儿预感都没有。那些天，天一直阴着，我走的时候，太阳出来了，房间里突然变得明亮。这一切，都让我感觉不到死亡的阴影。他为什么要这样？"

"因为他的世界破碎了，变得空空如也，就像他被剜除了的胸口。因为偶像与禁忌都已坍塌。因为，天空突然变得明亮。"我可能显得有些不知所云，但我只能如此了。

告别了尚可，我独自穿过自己的母校离去。我的身旁是如今的大学生。他们拥抱，他们接吻。校园里的人工湖还在，树还在，就像能永恒不灭似的。但天下雾霾，曾经的年轻人不在了。路也变得陌生。我不知道是否能顺利地走出去。但我并不想惊扰身边的情侣们，让他们给我指明一个方向。

我想，所有的路，总会有个尽头。

今天算是我和邢志平共同的生日。我们差不多是前后脚来到了这个世界。我们都赶上了一个大时代。我们是两个陌生人，但我们是一代人。现在，他死了，我的路却还没走到头儿。当然没有。起码，对于这个世界，邢志平走到尽头的时候一无所欠。而我，还欠着一个巨大的交代。这不是双重国籍这样的事，没人追究，你就可以当自己是个良民。我时刻面临着审判。我跟神父告解过，但没用。我很羡慕那些异国的酒鬼们，他们只消把内心的脏水泼给他们的神就万事大吉。我却不行。我并没有得到赦免，我还没有权利去死。

我要去喝一杯，但愿小酒馆今天会破例在白天开门。

《十月》2014年第2期